d

Hartmut Lange

Die Stechpalme

Novelle

Diogenes

Umschlagillustration: Gustav Klimt,
›Damenbildnis en face‹, 1917/18

*Dieses Buch wurde durch den
Deutschen Literaturfonds e.V. gefördert.
Besonders bedanke ich mich für
die Mitarbeit meiner Frau.*

40/93/8/1
ISBN 3 257 01948 3

1

»Was ist das für ein Brief!«

Manfred Eichbaum war blaß geworden und hielt seiner Frau ein geöffnetes Kuvert entgegen.

»Weißt du, wer das geschrieben hat?«

»Nein«, antwortete Carla, verließ das Zimmer, da sie im Begriff war, das Geschirr wegzuräumen.

Man hatte gefrühstückt, und Eichbaum hatte, während er seinen Kaffee trank, die Post durchgesehen, und plötzlich kamen ihm diese Zeilen vor Augen, diese Zeilen auf trübem, holzigem Papier:

»Lieber Eichbaum,
Du wirst jetzt 60, und es kann Dir nicht gleichgültig sein, daß Deine Frau erst 41 ist.«

Er wendete, während er auf die Geräusche in der Küche hörte, das Kuvert hin und her, suchte nach dem Absender, da war nichts, auch der Poststempel über der Sechzigpfennigmarke war kaum zu entziffern.

›Offenbar in Berlin abgeschickt‹, dachte er, ging in Gedanken die Namen seiner Bekannten durch. ›Unsinn.‹ Er mußte lächeln, und doch steckte er, als

Carla das Zimmer wieder betrat, Brief und Kuvert in die Jackentasche.

Er schlug mit dem Handrücken auf den Gips, der das linke Bein bis zum Knie unbeweglich machte, griff nach dem Krückstock, der am Tisch lehnte, erhob sich aber nicht. Wie lange schon mußte er, nachdem er sich das Bein gebrochen hatte, mit dieser Hilflosigkeit fertig werden? Fast ein Vierteljahr. Und wenn man den ersten Unfall mit hinzurechnete, dann war er, Manfred Eichbaum, seit vierzehn Monaten nicht mehr im Vollbesitz seiner Kräfte. Zweimal war ihm, den läppischen Anlaß wollte er vergessen, das Schienbein an der gleichen Stelle zersplittert, und er war gezwungen, ein Stück Eisen, wenigstens vorläufig, so hatten es ihm die Ärzte versichert, in dem vernagelten Knochen zu tragen.

Natürlich, er hatte Carla, und Carla verhielt sich fabelhaft. Nie hinderte sie ihn daran, Dinge, die er zwar mit Mühe, aber aus eigener Kraft bewältigen konnte, auch wirklich zu tun, und wenn er wieder einmal überanstrengt und am Ende seiner Geduld war, griff sie ihm wie selbstverständlich unter die Arme. Wie eben jetzt: Sie half ihm, vom Stuhl loszukommen, setzte ihm den Krückstock unter die Achsel, wandte sich wieder ab. Es war eine stille Übereinkunft: Sie sollte ihm nicht, vor allem nicht unter Zeugen, wie eine Krankenschwester zur Seite sein, und so humpelte Eichbaum allein in die Garderobe, während Carla durch den Hintereingang zur Garage ging, um den Wagen vorzufahren.

Und da stand er also bereit, der hellgraue Volvo, die Tür neben dem Fahrersitz geöffnet. Carla sah zu, wie Eichbaum, der sich am Polster festhielt, die Krücke zwischen die Sitze nach hinten schob. Er ließ sich Zeit, kam schließlich mit einer umständlichen Drehung, wobei er das vergipste Bein ins Freie hielt, zum Sitzen. Er schlug die Tür hart zu, und nun fuhren sie über die Betonplatten, zwischen denen Gras gesät worden war, auf die Straße hinaus. Das Wetter war kühl, es regnete, und da Carla die Heizung aufgedreht hatte, beschlug die Windschutzscheibe. Für Augenblicke war Eichbaum ungehalten, weil sie Mühe hatte, mit dem Taschentuch, so rasch dies nötig war, wieder freie Sicht zu gewinnen, und sie fuhr, so kam es ihm jedenfalls vor, zu schnell. Er spürte den Brief in seiner Jackentasche, den Brief, der ihm unter so vielen herzlichen und gutgemeinten Glückwünschen ins Haus geflattert war. Er weigerte sich darüber nachzudenken, beschloß aber, sowie er in seinem Büro sein würde, diese merkwürdige Zuschrift in den Papierkorb zu werfen.

Im Büro hatte man eine kleine Feier vorbereitet.

Eichbaums Zimmer lag am Ende des Korridors, es war nicht größer als fünf mal sechs Meter, und eine großblättrige Pflanze gab den kahlen Wänden einen Anschein von Freundlichkeit. Ansonsten waren da nur der mit Büchern überladene Tisch, ein schwarzes Ledersofa, dazu ein, zwei passende Stühle und ein offener Stahlschrank, der ebenfalls mit Büchern, Zeitschriften und Manuskripten vollgestopft war.

»Prost«, sagte Mackatsch und hob sein volles Sektglas. »Prost«, wiederholte er. »Wir hoffen, daß du wieder auf die Beine kommst!«

»Ich danke euch.«

Eichbaum trank sein Glas mit kräftigen Zügen leer. Man hatte ihm einen Stuhl in die Mitte des Zimmers gesetzt, stand respektvoll um ihn herum, achtete auf das vergipste Bein, das er von sich gestreckt hielt, und niemand, auch Carla nicht, hatte ihm die Krücke abgenommen. Er hielt sie wie sinnlos in der linken Hand, griff, nachdem er das Sektglas abgestellt hatte, in die Jackentasche, suchte mit den Augen nach dem Papierkorb. Ja, wollte er jetzt, ausgerechnet jetzt, während man ihn hochleben ließ, darüber nachgrübeln, wer von den Anwesenden ihm diese Provokation zugesteckt haben könnte? Nein. Er schlug dreimal mit dem Krückstock aufs Parkett, verschaffte sich Gehör und begann, in allerbester Laune und mit eben der Ironie, die man von ihm gewohnt war, seine kleine Dankesrede.

Dies geschah gegen Mittag, und am Abend, endlich, zerriß Eichbaum den Brief, den er immer noch in der Jackentasche trug, humpelte ins Bad und sah zu, wie die Papierfetzen von der Spülung erfaßt und zum Verschwinden gebracht wurden. Er spürte die feuchte Wärme unter dem Gips und wie beengt er dadurch war, und er dachte über das Verhalten seiner Frau nach.

Sie war wie immer dominierend und sehr gesprächig gewesen. Und was war außergewöhnlich daran, daß sie sich unter den Gästen wohlgefühlt hatte? Und doch irgendwie, war es nun, weil er so tief, beinahe wie hilflos in seinem Stuhl gesessen hatte oder weil er ständig von neuen Gesichtern in Anspruch genommen worden war, irgendwie kam es ihm vor, als hätte sie sich seinen Blicken entzogen.

Er versuchte, indem er durch die offene Tür in den Korridor sah, zu erkennen, ob in ihrem Schlafzimmer Licht brannte. Carla hatte sich, mit der Bemerkung, sie sei erschöpft, früher als sonst zurückgezogen, und nichts wies darauf hin, daß sie, wie Manfred Eichbaum, immer noch wach war.

›Sie hat einen gesunden Schlaf‹, dachte er. ›Sie ist

ja auch jünger als ich.‹ Und indem er dies dachte, kam ein Unbehagen in ihm auf. Nicht, daß er seine Frau des anonymen Briefes wegen nun mit anderen, etwa mißtrauischen Augen betrachtete. Was war schon der Altersunterschied! Sie hatten nie darüber gesprochen. Aber ihm fiel ein … Ja, was fiel ihm letzten Endes ein?

2

Keine Woche später erhielt Eichbaum wieder einen Brief, und wieder war es das trübe, holzige Papier und die fast bis ins Unleserliche gehaltene Handschrift, die ihm, als er die Post sortierte, auffiel.

»Lieber Eichbaum«, las er, »bilde Dir nicht ein, die Liebe Deiner Frau wäre, auch wenn es den Anschein hat, unerschöpflich. Wer sich zweimal nacheinander das Bein bricht und anderthalb Jahre pflegebedürftig bleibt, der stellt den Allernächsten auf eine harte Probe. Neulich hätte sie Dir die Krücke, statt unter die Achsel, am liebsten ins Kreuz gestoßen. Und verdenken kann es ihr niemand. Du bist einfach zu lange krank!«

Die Unterschrift war nicht zu entziffern, auch war die Mitteilung ohne Datum. ›Was soll das‹, dachte Eichbaum, starrte auf die blaue, hier und da auseinandergelaufene Tinte, dann rief er seine Sekretärin. Woher dieser Brief sei, wollte er wissen, überhörte ihre Antwort, bat statt dessen um den großen Leitzordner, und nun war er für die nächste Viertelstunde damit beschäftigt, die

Unterschriften seiner Angestellten mit der Handschrift des Briefes zu vergleichen, gab es schließlich, da ihm dies unwürdig vorkam, auf.

Am Abend zeigte er den Brief seiner Frau. Sie überflog die Zeilen, schien aber nicht sonderlich beeindruckt, schob ihm das Papier mit einem fragenden Blick wieder zu.

»Wenn dir meine Krankheit zu lange dauert, warum reden wir nicht darüber?«

»Aber ich bitte dich, wie kommst du darauf!«

»Außerdem sind es keine anderthalb Jahre, es sind kaum elf Monate.«

»Ja, und?«

»Ich werde die Krücke jedenfalls nicht mehr aus der Hand geben«, sagte er, und sie, als würde sie endlich begreifen, worauf er hinauswollte, faßte seine Hand und sagte:

»Du wirst doch diese Albernheit nicht etwa ernst nehmen.«

Eichbaum sah, daß sie ihr Haar frisch gewaschen hatte, und daß die untergehende Sonne, die durch das Gartenfenster ins Zimmer schien, ihrem Gesicht eine überaus klare Kontur gab. Er sah das helle Grün ihrer Augen und daß sie immer noch, auch um den Mund herum, keinerlei Falten hatte. Auch sah er, daß die Sonne, die dies sichtbar machte, vom Horizont des Gartens durch die hohen Scheiben über den Vorraum hinweg bis zu dem Tisch, an dem sie saßen, einen sehr langen Weg nahm.

›Was für ein merkwürdiger Eindruck‹, dachte er. ›Er wäre wert, fotografiert zu werden.‹ Und er beschloß, für alle Fälle und falls die schönen Abende anhielten, das Stativ bereitzustellen.

3

Carla Eichbaum, geborene Schmittchen, hatte keine besonderen Neigungen, sie versuchte sich aber, und dies schon seit Jahren, in der Malerei, und besonders gelangen ihr, so war die allgemeine Meinung, Tuschzeichnungen. Aber was war schon die allgemeine Meinung! Sie verkaufte kaum etwas, und hätte Eichbaum sie nicht überredet, eine kleine Galerie aufzumachen, sie hätte in dem Milieu, von dem sie sich angezogen fühlte, keine Rolle gespielt. So aber konnte sie, und immer unterstützt durch den Verlag, dessen Eigentümer Eichbaum war, hin und wieder interessante Namen gewinnen.

Die Wände der Ladenräume, die sie in der Nähe des Zentrums gemietet hatte, waren mit weißer Tapete beklebt, der Parkettboden abgezogen und neu versiegelt, und ein rechteckiges Tuch über der Tür zeigte in schwarzen Buchstaben auf rotem Grund, welches Talent man in der GALERIE SCHMITTCHEN jeweils besichtigen konnte. Die Vernissage begann gewöhnlich mit einem kleinen Vortrag, den Mackatsch oder Eichbaum persönlich verfaßt hatten, dann wurden petit fours, Sekt und Orangensaft gereicht. Die Preisliste blieb meist unbeachtet, aber es kam vor, daß Carla schon am ersten Tag Erfolg hatte, und dann wurden die verkauften Bilder mit einem roten Punkt beklebt. Es waren drei Zimmer, die sie als Refugium betrachten konnte, wovon das größte auch als Büro genutzt wurde, und die Kellerluke, die man vergrößert und mit einer Holztreppe versehen hatte, führte zu einem Abstellraum.

Hier hatte Carla seit einiger Zeit ihre Arbeiten aufbewahrt, und sie überlegte, ob sie es wagen sollte, selbst wieder einmal an die Öffentlichkeit zu gehen. Sie hatte für ihre Zeichnungen weiße und blaue Rahmen bestellt, aber die Motive, die sie in letzter Zeit bevorzugte, schienen ihr doch bedenklich zu sein. Jetzt erst fiel ihr auf, daß sie von der Hilflosigkeit Eichbaums und wie dieser mit der Krücke und dem eingegipsten Bein durch die Wohnung humpelte, wie sie von seinem Zustand offenbar inspiriert gewesen war. Denn sie hatte, in der nötigen Verwischtheit versteht sich, Figuren gemalt, die körperliche Gebrechen hatten und die sich nur mit Hilfsmitteln fortbewegen konnten.

›Er könnte es falsch verstehen‹, dachte sie, während sie die einzelnen Blätter durchging, ›und der Brief . . .‹ Ja, dies war nun allerdings etwas, das ihr die Unbefangenheit nahm. ›Wer könnte den Unsinn geschrieben haben‹, dachte sie, spürte, wie gleichgültig ihr die anonyme Dreistigkeit war, aber sie fürchtete, Eichbaum, der den Brief vernichtet hatte, könnte empfindlicher geworden sein und er würde dies hier, sie berührte die hellen Farben mit den Fingerspitzen, nicht mit dem nötigen Humor aufnehmen. Sie schob die Blätter in den Schrank zurück und beschloß, auch die Rahmen, sowie sie geliefert sein würden, zu verstecken. Überhaupt wollte sie sich erst wieder der Öffentlichkeit stellen, nachdem Eichbaum den leidigen Gips losgeworden war.

Eine Weile noch gab es Irritationen. Sie zeigte sich in Eichbaums Nähe besonders herzlich und unbefangen, um ja nicht den Eindruck aufkommen zu lassen, der Brief könnte einen Schein von Wahrheit enthalten, und wenn sie ihm die Krücke reichte oder unter die Achsel schob, war sie versucht, es mit einer ironischen Bemerkung zu tun. Etwa, daß er gut daran täte, ihr nicht den Rücken zuzuwenden.

»Ihr bekommt anonyme Briefe?« sagte Mackatsch, den sie ins Vertrauen gezogen hatte. »Macht euch keine Sorgen, das haben wir bald«, und er meinte, Schmierereien dieser Art würden sich früher oder später verraten.

Mackatsch war ein untersetzter, gutmütig wirkender Mann mit starken, schwarzen Augenbrauen, auch der Schnauzbart zeigte kein einziges graues Haar, obwohl Mackatsch knapp unter fünfzig war. Er war die eigentliche Stütze im Verlagsgeschäft, hatte einen sicheren Instinkt für die Aufmachung der Titel und welche Themen, in Kunstbände verpackt, verkäuflich waren. Sicher, auch er hatte Ladenhüter zu verantworten, aber Eichbaum vertraute ihm, und besonders Mackatschs Vorliebe für die Moderne und daß er dieser Epoche beinahe schwärmerisch ausgeliefert schien, dies machte ihn fähig, Altbekanntes, etwa von Kirchner, Hodler oder Max Ernst, neu einzuordnen, und die Kommentare, die er dazu schrieb, fand man sogar in den Katalogen großer Ausstellungen wieder. Mackatsch war es auch zu verdanken, daß das Arbeitsklima im Verlag ohne jede Zweideutigkeit, ohne Empfindlichkeiten blieb, und wo Eichbaum manchmal ungerecht entschied, war er fähig, es rückgängig zu machen.

Er hatte ein winziges, beinahe schlauchähnliches Arbeitszimmer, eine bessere Kammer, niemand hatte sie ihm aufgedrängt, aber er versicherte, hier, wo das Fenster nach Norden und auf den Hof hinausging, hätte er die nötige Ruhe und in dem Zwielicht, die Schreibtischlampe brannte ununterbrochen, könne er sich bestens konzentrieren. Herausgeschnittene Reproduktionen und Entwürfe für Buchumschläge lagen überall herum, an der Wand hing ein Foto: Gustav Klimt, bärtig und in einem sackähnlichen Kleid. Auf der gegenüberliegenden Seite sah man drei Landschaftsbilder, die Mackatsch mit Reißnägeln auf einem Brett aneinandergeheftet hatte, und er hatte die Schreibtischlampe derart verdreht, daß ein Lichtschein darauf fiel. Das erste Bild war in der Mitte eingerissen und mit Klebeband zusammengehalten. ›Champs de blé, Öl auf Leinwand, 50 × 101 cm‹, las man auf dem unteren Rand, das zweite Bild, fast doppelt so groß, war ohne Bezeichnung, über dem dritten las man: ›Vincent van Gogh, Kornfelder mit Krähen, 1890‹.

»Entschuldige«, sagte Mackatsch, rückte einen Stuhl zurecht, »ich arbeite an ein paar Bemerkungen über van Goghs letzten Sommer in Auvers. Es sind alte Hüte, ich weiß, aber sieh dir einmal diese Landschaften an«, und dabei korrigierte er den Schein der Lampe, der auf dem Glanzpapier reflektierte.

Carla hatte auf dem Stuhl Platz genommen, trank auch von dem Cognac, den Mackatsch ihr anbot, wußte zunächst nicht, was sie von dem Hinweis und der Demonstration halten sollte.

»Es ist«, sagte Mackatsch, »als hätte sich ihm die

Welt Schritt für Schritt verdüstert, und als hätte er es wie eine camera obscura erfahren. Hier«, sagte er und zeigte auf das erste Bild, »ist der Himmel noch vollkommen frei. Raps, Mohn, Klee machen wie selbstverständlich ihre Farben geltend. Hier schon«, er zeigte auf das zweite Bild, »wächst es bedrohlich auf, und hier... Es ist seine letzte Arbeit. Es ist, als ob eine Linse, bevor sie zuklappt, sich wie zu einem Schlitz zusammenzieht, und die nächste Landschaft, hätte er sie gemalt, müßte man sich schwarz vorstellen.«

Er hatte, während er dies sagte, die Reproduktionen vom Brett genommen, warf sie auf den Schreibtisch.

»Tja«, sagte er, »man kann sich vorstellen, wie ratlos er war und wie er, obwohl er die Leinwand aufgestellt und gegen den Wind gesichert hatte, die Pistole zog und losging, als müsse er in dem Kornfeld etwas suchen. Ich weiß«, fügte er hinzu, »es ist wenig originell, über van Gogh nachzudenken, aber was kann der arme Kerl dafür, daß er so berühmt ist.«

Sie schwiegen. Mackatsch bereute, daß er Carla in seine nachdenkliche Stimmung hineingezogen hatte, und sie hatte kaum Zeit gefunden, ihm zu erklären, warum sie gekommen war.

»Was macht deine Ausstellung?« fragte er.

Sie zuckte mit den Achseln, sprach davon, wie unmöglich es wäre, Eichbaum seine Krankheit nochmals in Farben vorzuhalten. Mackatsch widersprach.

»Ihr seid in letzter Zeit so penibel miteinander«, sagte er. »Es wird Zeit, daß das aufhört. Du solltest deine Ausstellung vorbereiten, und Manfred sollte die Krücke und den Gips bei der Eröffnung feierlich zerbrechen. Du mußt dich übrigens beeilen«, fügte er hinzu, »er ist in drei Wochen wieder gesund.«

4

Mackatsch sollte recht behalten. Im April, die ersten warmen Tage trieben im Garten die Forsythien aus, im April machte Eichbaum seine gymnastischen Übungen. Man hatte ihm den Gips abgenommen, und Carla fuhr ihn täglich zur Massage. Anfangs hielt man noch einen Stock bereit, aber Mitte Mai stand Eichbaum wieder auf gesunden Beinen. Carla bat ihn unter einem Vorwand in ihre Galerie, und die Überraschung gelang. Da sah er sie nun, die kleinen, fast quadratischen Bilder, weiß oder blau gerahmt, und Mackatsch, der ein paar Worte sprach, versuchte, dem Ganzen eine humorvolle Wendung zu geben.

»Du siehst, lieber Eichbaum«, sagte er, »man kann auch das eigene Mißgeschick, wenn man nur ein Talent zur Seite hat, als Kunst an den Wänden wiederfinden.«

Eine Woche später war Eichbaum im Wohnzimmer damit beschäftigt, das Stativ aufzustellen. Er hatte Carla, wohl auch, weil er ihre Ausstellung als freundliche Reminiszenz empfand und weil er meinte, er müsse sich revanchieren, er hatte Carla versprochen, einen Fotoband über ihre Galerie herauszugeben. Es sollte aber auch gezeigt werden, wie sie wohnte. Zuerst wollte Eichbaum die unteren Räume des Hauses fotografieren, und wieder sah er, da der Abend wolkenlos war, daß das Licht der untergehenden Sonne vom Horizont des Gartens durch die hohen Scheiben über den Vorraum hinweg bis zu dem Tisch, vor dem er stand, einen sehr langen Weg nahm. Er prüfte die Einstellung der Linse, rückte das Stativ hin und her, bis er, wie er meinte, den richtigen Winkel gefunden hatte, um auch die harten Schatten, die von den Möbeln aufs Parkett fielen, einzufangen. Als es klingelte, zögerte er, ging aber doch zur Haustür. EILBRIEF, diese Mitteilung hatte jemand auf den Briefkasten geklebt, und er sah durch die kleine Scheibe, die unter dem Schlitz angebracht war, etwas Graues hervorschimmern. Ein hastiger Griff ins Innere, ein Blick auf die Adresse. Er riß das Kuvert auf.

»Eichbaum«, las er auf trübem, holzigem Papier, »du hast eine *Tachyarrhythmia absoluta*, die nach wenigen Stunden in eine regelmäßige *Sinusfrequenz* übergeht. Das Krankheitsbild spricht gegen ein *Vitium cordis* und auch gegen eine *Hyperthyreose*, so daß mehr eine *vegetative Stigmatisierung* als ursächlich angenommen werden muß.«

Für Augenblicke stand er wie angewurzelt da, prüfte unwillkürlich, den Brief hielt er in der linken Hand, seinen Puls ... Vollkommen regelmäßig. Er ging ins Wohnzimmer zurück, und nun kamen ihm das merkwürdige, langgestreckte Licht und die Schatten auf dem Parkett wie eine Drohung vor.

›Diese Unverschämtheit muß ein Ende haben‹, dachte er, und am nächsten Morgen, Carla war aus dem Haus, nahm er den Brief, den er im Schreibtisch eingeschlossen hatte, nochmals vor, hielt das Kuvert gegen das Licht, entdeckte nirgends etwas Ungewöhnliches, aber er sah, daß der Poststempel auf der Marke fehlte.

›Es könnte mir weiterhelfen.‹ Er nahm sein Jackett auf, beschloß, aufs Postamt zu gehen.

»Sehen Sie«, sagte Eichbaum und preßte den Mittelfinger auf die Briefmarke, »er ist nicht abgestempelt. Das bedeutet doch, daß er mir nicht durch die Post zugegangen ist.«

»Keineswegs«, sagte der Beamte. »Es wird in der Eile manchmal vergessen«, und schon machte er dem nächsten Kunden, der hinter Eichbaum stand, ein Zeichen mit der Hand.

Damit war die Sache erledigt, und Eichbaum sah, wie der andere, der an ihm vorbeiging, dem Beamten ein Postsparbuch reichte und wie der Beamte nach einem Zettel griff, um etwas zu notieren, offenbar die Summe, die er auszahlen sollte. Dann nahm er ein Lineal und zog in dem Sparbuch irgendwelche Linien, und seine akkuraten Bewegungen und die gleichgültige Ruhe, die er ausstrahlte, wirkten auf Eichbaum irgendwie ernüchternd, und er wunderte sich, daß er immer noch durch das Panzerglas starrte, anstatt, ja worauf wartete er, die Schalterhalle wieder zu verlassen.

Auf der Straße war er versucht, den Brief in einen Abfallkorb zu werfen. ›Schließlich‹, dachte er, ›waren mir die anderen auch keinen Gang zum Postamt wert.‹ Aber er unterließ es.

Der Anblick von frischem Grün und daß alles nach einem Gewitterregen wie in einem Treibhaus dampfte, dies gab ihm ein Gefühl von Zustimmung, und er spürte, indem er schneller und energischer ging, wie gesund er war. Auch das leichte Ziehen in den Narben, von dem die Ärzte behauptet hatten, es würde noch eine Weile andauern, war verschwunden, und er freute sich auf den Abend, denn abends hatte er sich mit Carla und einem Bekannten zum Essen verabredet.

NOVEMBER, so hieß das kleine, unscheinbare Restaurant am Schöneberger Ufer. Es dämmerte, die Fenster waren weit geöffnet, man sah die Kastanien, die über das Wasser des Kanals hinausragten, die Gehwege waren mit roten und weißen Blütenresten übersät, und auf der Straße, die Kanal und Restaurant voneinander trennte, ging ununterbrochen der Verkehr.

Kerzen wurden aufgestellt, die in dem leichten Wind flackerten, und Eichbaum, der Appetit hatte, aß unbedenklicher als sonst. Es gab Zucchinischaum und Nester aus Tatar, Hummersuppe, Entenbrust mit Stopfleber, zuletzt verzichtete man auf das Dessert, langte aber um so entschlossener beim Käse zu. Carla war es anzumerken, wie gern sie zuhörte, wenn Eichbaum, wie in alten Zeiten, etwas zu erzählen hatte. Er sprach leise und eindringlich, federte mit den Knien. Unvorstellbar, daß er vor Wochen noch genötigt gewesen war, am Krückstock zu gehen oder daß er sich ohne Hilfe nur mühsam hatte erheben können! Spät, gegen zwölf Uhr verlangten sie die Rechnung.

»Ist etwas?« fragte Carla.

»Nichts, nichts«, murmelte Eichbaum, schob dem Ober ein paar Geldscheine zu.

Er war plötzlich, um Mundwinkel und Nasenflügel herum, blaß geworden, meinte, er hätte doch etwas zu viel von dem Stilton gegessen. Trotzdem, ein gelungener Abend, darüber war man sich einig, und man wollte noch einige Schritte gehen. Sie überquerten die Straße, standen unter den Kastanien, die immer noch süßlich rochen, beugten sich über das eiserne Geländer und betrachteten die großen Steinquader über dem Kanalufer.

Als Eichbaum endlich ins Bett fand, als er langausgestreckt und ohne Kopfkissen dalag, merkte er, daß er nicht nur reichlich gegessen, sondern auch zu viel von dem Rotwein getrunken hatte. Ein schweres Kreisen war in seinem Kopf, auch war da ein Rütteln in seinem Brustkorb, das er sich nicht erklären konnte. Er schrieb es dem schweren Essen zu, schlief ein, und als er morgens aufwachte, griff er wie selbstverständlich nach seinem Puls. Er ging regelmäßig, so schien es ihm jedenfalls. Aber als er vor dem Spiegel mit dem Rasieren beschäftigt war, mußte er sich setzen, und nun meinte er, nicht nur einen unregelmäßigen Puls, sondern auch wieder dieses merkwürdige Rütteln zu spüren.

5

Der Arzt studierte das Kardiogramm, während die Schwester dem Patienten die Saugplättchen abnahm. Eichbaum sah, wie der rothaarige Mann die Stirn runzelte.

»Es könnte eine Myokarditis gewesen sein. Streptokokken. Hatten Sie jemals ein geschwollenes Knie?«

»Nein«, sagte Eichbaum, ging zu dem Haken, an dem sein Jackett hing, und zog den anonymen Brief hervor. »Ist es etwas Gefährliches?«

»Sie können steinalt damit werden. Allerdings«, fügte der Arzt hinzu, »behindert sind Sie schon.«

Dabei nahm er den Brief, den Eichbaum ihm hinhielt, sah auf das trübe, holzige Papier, das durch das mehrfache Falten und dadurch, daß Eichbaum es seit Tagen in der Tasche trug, gelitten hatte.

»Vollkommen korrekt«, sagte er, nachdem er die Zeilen überflogen hatte. »Welcher Kollege hat Ihnen das geschrieben?«

Eichbaum zog Hemd und Pullover an. Jetzt erst fiel ihm ein, daß der Brief handgeschrieben war und daß es für den Arzt befremdlich sein mußte, eine derart vertraulich gehaltene Diagnose zu lesen. Er wollte ihm etwas erklären, etwas, das plausibel hätte wirken können. Aber was sollte er sagen!

»Schicken Sie mir die Rechnung«, sagte er, spürte, wie unhöflich es war, hatte aber nur noch das Bedürfnis, die mit Apparaturen verstellten Wände, das grelle Licht, die Enge des Zimmers, in dem alles wie ein Hindernis wirkte, zu verlassen.

Auf der Straße atmete er auf, ging ein paar Schritte, und vor einer Gärtnerei, deren Gewächshaus erneuert wurde, blieb er stehen. Er sah den Arbeitern zu, die mit dem Verschrauben irgendwelcher Eisenstreben beschäftigt waren, und er sah, daß einige Bäume, die man ausgegraben und deren Ballen man mit einem Netz umwickelt hatte, frei herumlagen. Das Laub begann zu welken, auch die Erde, von den Wurzeln gehalten, zeigte Spuren von Trockenheit, offensichtlich hatte man sie aufgegeben. Und es war Mitte Mai. ›Wer verpflanzt jetzt noch Bäume‹, dachte Eichbaum, während er unter dem Wirrwarr eine Stechpalme entdeckte. Er spürte ein Bedauern, daß man die Pflanze achtlos unter Birken begraben hatte.

»Was hat das zu bedeuten?« fragte er einen jungen Mann, der schlendernd auf ihn zukam, und als jener ihm grinsend zu verstehen gab, es sei ausgesonderte Ware und würde demnächst verbrannt, sagte Eichbaum:

»Ich gebe Ihnen dreißig Mark, wenn Sie mir wenigstens die Ilex wieder hervorziehen.«

Am Nachmittag sah Carla, wie Eichbaum in einem großen Loch, das er im Garten ausgehoben hatte, ein Gemisch von Sand, Blumenerde und Torf hin- und herwendete. Er setzte ein dunkelgrünes, spärlich belaubtes Bäumchen, das ihm bis zur Schulter reichte, mit hinzu und begann es einzugraben.

»Ich habe mir immer eine Stechpalme gewünscht«, sagte er. »Es werden zuletzt imposante Bäume. Schade nur, daß sie so langsam wachsen.«

Abends saßen sie auf der Terrasse. Der Mai war besonders heiß, es hatte kaum geregnet, nur ein paar Tropfen aus Gewitterwolken, die sich rasch auflösten, und Carla litt unter der Hitze, weil sie, wie sie behauptete, wieder einige Kilo an Gewicht zugenommen hatte. Eichbaum hatte ihr Bemühen, schlank zu bleiben, immer belächelt, aber diesmal, sie war dabei, die Knöpfe an ihrem Rock zu versetzen, schwieg er, schien mit dem eigenen Unbehagen beschäftigt zu sein, tastete heimlich unter der Tischdecke nach seinem Puls, immer in der Sorge, Carla würde dies entdecken und irgendwelche

Fragen stellen, die er nicht hätte beantworten können.

Wie konnte man ihm eine Diagnose ins Haus schicken, bevor er überhaupt krank geworden war? Und wie konnte jener, der ihn das dritte Mal zu irritieren versuchte, über die Arythmie, die ihn jetzt quälte, Bescheid wissen? Er hatte doch selber nie etwas gespürt! Die ersten zwei Briefe, gut, sie waren perfide, aber einsichtig. Daß er zwanzig Jahre älter war als Carla oder daß der doppelte Beinbruch ihre Nerven überstrapaziert hatte, darüber konnte man Anspielungen machen, aber dies hier... Und wieder faßte Eichbaum nach seinem Handgelenk, spürte ein aufgeregtes, im Tempo ständig wechselndes Pulsieren.

6

Unmöglich‹, dachte Eichbaum. ›Ich kann, nachdem ich ihr solange meine Krücken zugemutet habe, nicht schon wieder mit einer Krankheit kommen.‹

Und während er dies dachte, überkam ihn ein leichter Ärger darüber, daß er sich hier eine Rücksicht auferlegen wollte, die seinen Vorstellungen von der Ehe widersprach. Vor Carla, das hatte er sich geschworen, sollte es keine Geheimnisse geben, und er spürte, daß es ein Fehler war, wenn er weiter so hartnäckig schwieg.

Er hatte wieder einen Brief bekommen. Diesmal nur zwei Worte, in eiliger, lässiger, wie ihm schien, höhnischer Absicht hingeschrieben: »Primär ungestützt«, hieß es da, neben der Unterschrift fehlte nun auch die Anrede, und er hatte keine Lust, darüber nachzudenken. Allerdings hatte er vergessen, den Brief wegzuwerfen oder wenigstens in die Schublade zu legen, so daß Carla eines Tages mit eben diesem Brief vor ihm stand und offenbar etwas zu sagen hatte. Sie zögerte, sah auf das Papier.

»Das kommt mir bekannt vor«, sagte sie, und

Eichbaum, der überrascht war, machte eine wegwerfende Bewegung mit der Hand.

Für Augenblicke überlegte er, wo er den Brief abgelegt haben könnte, und wie sie, Carla, ihn hatte finden können.

»Das habe ich schon einmal gelesen, bei Makkatsch auf dem Schreibtisch«, sagte sie, und es war unverkennbar, daß sie Mühe hatte, verständlich zu machen, warum sie über die Dinge auf diesem Schreibtisch so gut unterrichtet war.

Sie ging aus dem Zimmer, wenig später fand Eichbaum den Brief auf dem Küchenstuhl wieder. Unübersehbar lag er da, als sollte ihm damit ein Wink gegeben werden, und als würde Carla hartnäckig auf ihrer Bemerkung bestehen. Er nahm ihn auf, faltete ihn flüchtig zusammen, so daß er fast zerknüllt war, dann öffnete er die Garagentür und ging zu seinem Wagen.

Im Büro war er lange damit beschäftigt, mit dem Buchhalter Kalkulationen zu besprechen, aber er sah sehr wohl, daß auch Mackatsch im Hause war, der hin und wieder auf den Korridor hinaustrat, um in alten Prospekten zu stöbern. Und irgendwann, sie hatten einander durch die offene Tür zugewinkt, erhob sich Eichbaum, bat die Sekretärin, ihm den Kaffee, den er nachmittags gewohnt war, in Mackatschs Zimmer zu bringen.

Man sprach über dieses und jenes, Mackatsch, der keinen Kaffee trank, wunderte sich, daß Eichbaum eine Tasse nachverlangte.

»Kennst du das hier«, sagte Eichbaum plötzlich, zog den Brief aus seiner Jackentasche und sah zu, wie Mackatsch den Bogen Papier, den er falsch herum hielt, langsam, indem er auf die beiden Worte sah, zurechtrückte.

»Nein.«

»Aber Carla behauptet, du hättest die gleichen Worte benutzt.«

Mackatsch zog die Augenbrauen hoch, ein augenblicklicher Unwille überkam ihn.

»Du weißt, daß ich solche Briefe kriege?«

»Nein«, sagte Mackatsch, und obwohl er durch Carla unterrichtet war, war ihm der Verdacht, der so plötzlich auf ihn fiel, denn anders konnte er Eichbaums Frage nicht deuten, ein Anlaß, seine Mitwisserschaft zu leugnen. Er wollte seinen Ärger unterdrücken.

»Warte«, sagte er, froh darüber, daß ihm dies einfiel. »Ich habe da einen Text zitiert. Vielleicht«, sagte er. »Obwohl, ich bin nicht sicher...« Und er kramte auf seinem Schreibtisch in Mappen und Zeitungsausschnitten, fand schließlich einen Notizblock. »Hier«, sagte er und deutete mit dem Finger auf einige enguntereinandergeschriebene Zeilen,

»ich will es für meinen Aufsatz über van Gogh verwenden.« Und schon hatte Eichbaum die Notiz in den Händen, sah, daß zwei Worte mit einem Zeichen versehen und in Druckbuchstaben abseits, unterhalb des Textes, zu lesen waren, und es waren die Worte, um deretwillen er hier saß, nämlich: »PRIMÄR UNGESTÜTZT.«

»Ich hatte sie vergessen«, sagte Mackatsch, »und nachträglich hinzugefügt. Deswegen das Auslassungszeichen. Hier«, sagte er und griff nach einem Buch, das er aufschlug, und wieder wies er mit dem Finger auf einige Zeilen, die rot unterstrichen waren.

Eichbaum begann zu lesen, stieß auf einen dunklen, irgendwie umständlichen, ganz und gar befremdlichen Text.

»Du siehst«, sagte Mackatsch, um die Stille, die zwischen ihnen entstanden war, zu unterbrechen, »du siehst«, sagte er, »es hat alles seine Richtigkeit. Und meine Handschrift«, fügte er hinzu und lächelte, »ist von dieser da«, dabei gab er Eichbaum den Brief zurück, »grundverschieden.«

Für den Abend hatte Eichbaum Mackatsch zu einem Hechtessen gebeten, eine Geste, die als Entschuldigung gelten sollte, aber er blieb irritiert. War es ein Zufall, daß Mackatsch dieselben Worte, mit denen er, Eichbaum, traktiert worden war, als

Exzerpte benutzte? Und immerhin, eines konnte man nicht vom Tisch wischen: Carla hielt sich des öfteren in Mackatschs Zimmer auf. Anders war es nicht zu erklären, daß sie die Notiz so gut im Gedächtnis hatte.

»Übrigens«, sagte Eichbaum, als sie beim Halbgefrorenen waren, »eines ist mir unklar. Wie konntest du die beiden Worte beim Abschreiben vergessen? Sie sind doch ganz und gar ungewöhnlich.«

»Für dich schon«, antwortete Mackatsch, der wieder die Stirn runzelte, »da du kaum etwas Belangvolles liest.«

»Es sei denn, diese Briefe da«, sagte Carla.

Einen Augenblick sahen sich alle erschrocken an, wagten auch nicht, mit dem Löffel in dem Halbgefrorenen zu rühren.

»Ich verstehe eure Gereiztheit nicht«, sagte Eichbaum schließlich. »Vielleicht hätte ich Grund, mich über gewisse Dinge zu wundern.«

»Du meinst, es wäre meine Art, dir anonyme Unverschämtheiten zu schreiben.«

»Oder Carla«, sagte Eichbaum. »Sie fände ja genug Anregungen auf deinem Schreibtisch.«

Carla erhob sich.

»Ich finde, wir sollten so nicht miteinander reden«, sagte sie ruhig, indem sie sich mit dem

Handrücken über die Schläfe fuhr. »Merkt ihr übrigens nicht, daß es zieht? Irgendwo muß ein Fenster offen sein.«

Sie ging fort, die Männer waren erleichtert, wechselten einverständige Blicke, dann nahm Eichbaum Mackatsch zur Seite und führte ihn auf die Terrasse hinaus.

»Carla hat vollkommen recht.« Dabei umfaßte er Mackatschs Schulter und sagte, immer mit einem Blick ins Eßzimmer, als müsse er sich, um diese vertrauliche Mitteilung loszuwerden, beeilen: »Diese Briefe sind mir egal, bis auf einen. Stell dir vor«, sagte er, »dieses Schwein hat mir Herzrhythmusstörungen angehext, und davon, das mußt du mir versprechen, darf Carla nie etwas erfahren.«

Mackatsch, der nicht recht verstand, hatte keine Zeit nachzufragen, denn nun war Carla wieder im Zimmer, und Eichbaum lief ihr entgegen, versicherte, daß er noch Lust auf einen guten Rotwein hätte und daß er bereit wäre, einen fünfundsiebziger Brunello zu opfern.

»Ich hätte ihn natürlich eine Stunde früher aufmachen sollen«, sagte er. Und als es dunkel wurde und der Mond über dem Garten aufstieg, hatten sie die Flasche leergetrunken. Eine angenehme Trägheit überkam sie. Wie lange sie so dasaßen und schwiegen und einer die Nähe des anderen ruhig gelten ließ, wußten sie nicht zu sagen. Endlich fand Mackatsch zu seinem Wagen, den er auf der Straße geparkt hatte, und weder Carla noch Eichbaum begleiteten den Freund, sahen ihm aber von der Terrasse aus, während er langsam in Richtung auf die Kreuzung fuhr, nach.

7

Herzrhythmusstörungen! Und auf ein anonymes Schreiben hin? Das halte ich für unmöglich.«

»Aber es ist so«, sagte Eichbaum.

»Und was sagen die Ärzte?«

»Sie haben die Diagnose bestätigt. Und ich schwöre dir, es beunruhigt mich derart, daß ich nachts nicht mehr schlafen kann.«

Mackatsch sah Eichbaum aus ruhigen Augen an.

»Das kann ich mir vorstellen«, sagte er schließlich, fügte aber, obwohl Eichbaum begierig darauf wartete, nichts mehr hinzu. Eichbaum musterte den Tisch.

»In dem Text«, sagte er, »den du mir gestern gezeigt hast, waren ja doch düstere Gedanken.«

Mackatsch erhob sich, ordnete Bücher und Papiere, war bemüht, alles auf einen Haufen zu tun, um es später mit einem Griff wieder wegräumen zu können, und Eichbaum bemerkte, daß er dabei jene Notiz, die ihn irritiert hatte, sorgfältig nach unten legte.

»Wir müssen jetzt den Absender des Briefes

ausfindig machen«, sagte Mackatsch, »und du wirst sehen, dann schläfst du wieder wie ein Murmeltier.«

Er bat Eichbaum, ihm die letzten beiden Briefe zu überlassen. Er wollte sie fotokopieren.

»Und natürlich«, versicherte er, »werde ich sie nicht aus den Händen geben.«

Eine Woche später saßen die beiden wieder in Mackatschs Zimmer, und Eichbaum sah, daß der andere eine regelrechte Namensliste aufgestellt hatte.

»Hier«, sagte Mackatsch und fuhr mit dem Zeigefinger über die Anfangsbuchstaben hin, »habe ich alle notiert, die in Frage kommen könnten. Also im Verlag, da kannst du sicher sein, hat niemand eine solche Handschrift. Und hier«, fügte er hinzu, »habe ich ein graphologisches Gutachten.«

Damit legte er Eichbaum ein längeres, mit einer Firmenanschrift versehenes Schreiben vor, es waren drei oder vier Seiten, Eichbaum blätterte aufgeregt darin herum, und was er las, berührte ihn unangenehm. ›So genau‹, dachte er, ›wollte ich das Ganze nicht haben‹, obwohl er froh war, über den Unbekannten endlich etwas Näheres zu erfahren.

»Das Schriftbild«, hieß es da, »wirkt bei aller Fahrigkeit abstrakt und für einen Legastheniker zu flüssig. Besonders das V und das W sind wie absichtsvoll mit Schnörkeln versehen. Eine Verstellung ist nicht auszuschließen, obwohl ...«

»Das Büro hat einen guten Ruf«, sagte Makkatsch. »Es ist nicht der übliche Jargon, eher persönlich gehalten. Aber du kannst abwarten, was Carla bei ihren Bekannten herausgefunden hat.«

»Carla?« Eichbaum schob das Schreiben über die Tischplatte zurück. »Was hat Carla damit zu tun! Es war abgemacht, daß alles unter uns bleibt.«

»Wenn wir Erfolg haben wollen«, sagte Makkatsch, »muß auch sie sich dafür einsetzen. Es wäre immerhin möglich«, beharrte er, »daß jemand eifersüchtig auf dich ist.«

»Eifersüchtig!«

Den Rest des Tages verbrachte Eichbaum im Garten. Er hatte wieder Spaten, Harke und den Schlauch hervorgeholt, grub zwischen den Büschen und Blumenbeeten herum, war betrübt, als er sah, daß die Stechpalme fast alle Blätter verloren hatte, legte das Schlauchende, nachdem er eine Art Trichter gegraben hatte, an den unteren Stamm und begann, alles ausgiebig zu wässern. Er wollte sich ablenken, wollte die Gedanken, die ihn seit dem Gespräch mit Mackatsch beschäftigten, nicht gelten lassen.

›Es würde schließlich bedeuten‹, dachte er, ›daß Carla einen Geliebten hat. Denn wer hätte sonst

Grund, auf mich eifersüchtig zu sein?‹ Und er ärgerte sich, daß er fähig war, auf die harmlos gemeinte Bemerkung Mackatschs derart hartnäckig einzugehen.

Er hörte, wie das Gartentor zuschlug. ›Da kommt sie‹, dachte er und musterte Carla, die den Kiesweg betreten hatte, mit bedauernden, irgendwie distanzierten Blicken.

»Wo warst du so lange?« fragte er, merkte, wie unsinnig die Frage war, sie hatte eine prallgefüllte Obsttüte im Arm, und er erschrak über den lauernden Ton, den er angeschlagen hatte.

Carla schien von alledem nichts zu bemerken, meinte nur, sie hätte frische Nektarinen gekauft, und ob er Lust hätte, eine zu probieren. Dabei hielt sie ihm eine große, besonders reif wirkende Frucht hin. Er nahm sie, biß hinein, wobei ihm der Saft über das Hemd spritzte, und er sah ihre mißbilligende Miene.

»Ist etwas?« fragte er.

»Nichts, nichts«, antwortete sie. »Du hast dir das Hemd bekleckert.«

Damit drehte sie ihm den Rücken zu und ging ins Haus. Eichbaum stand, die angebissene Frucht in der Hand, unentschieden da, und es dauerte eine Weile, ehe er den Spaten wieder aufnahm. Er versuchte, mit dem Taschentuch die Flecken am

Hemd wegzuwischen, und je weniger es ihm gelang, er verschmierte alles nachhaltig, desto mehr bereute er, daß er die Nektarine überhaupt genommen und daß er Carla so ohne weiteres hatte ins Haus gehen lassen. Ja, es kam ihm vor, als wären die Worte, die sie miteinander gewechselt hatten, absichtlich harmlos ausgefallen.

›Sie geht mit Mackatsch herum und zeigt womöglich die Briefe vor, sie forscht in meinem Namen irgendwelche Leute aus, und ohne mit mir darüber zu reden! Und falls sie von meinen neuerlichen Beschwerden etwas weiß, um so schlimmer‹, dachte er. ›Dann glaubt sie offenbar, sie könne dies, weil ich es ihr verschwiegen habe, ignorieren!‹

8

Die folgenden Tage vergingen nicht ohne Spannungen. Eichbaum wollte Carla seine Eifersucht gestehen, nicht, weil er glaubte, sie hätte einen Liebhaber, sondern weil er sich ausgeschlossen fühlte. Er litt unter der Vorstellung, daß sie mit Mackatsch Informationen austauschte, aber mit ihm, Eichbaum, um den es schließlich ging, wollte sie immer nur allerneueste Farbtechniken diskutieren. Sah sie nicht, wie blaß er neuerdings war und daß er ganz offen nach seinem Puls fühlte!

Er bereute, daß er Mackatsch ins Vertrauen gezogen hatte, meinte auch, die Hilfe, die dieser ihm anbot, hätte seine Lage nicht gebessert. ›Im Gegenteil‹, dachte er, ›die Schmierereien kann ich jederzeit in den Container werfen, aber das Drumherum und die Geheimnistuerei, die nun entstanden sind, werden mir allerdings zu viel. Am besten, ich bitte Mackatsch, die Finger von der Sache zu lassen.‹

Dies dachte er, und gegen Mitternacht hatte er Kopfschmerzen vom allzuvielen Grübeln. Er nahm ein halbes Lexotanil, fiel in einen kurzen, ungesunden Schlaf, und als er am nächsten Morgen aus dem Haus gehen wollte, als er in den Kasten griff, um Post und Zeitungen zu sortieren, hielt er wieder ein Kuvert aus trübem, holzigem Papier in der Hand.

»Verehrter Dr. Eichbaum, lieber Freund,
verzeihen Sie mir meine etwas unhöflich gehaltenen Briefe und daß ich mir erlaubt habe, Sie zu duzen. Ich weiß wirklich nicht, wie es dazu kommen konnte. Ich verbringe meinen diesjährigen Urlaub an der See, und ich versichere Ihnen, es gibt nichts Schöneres, als den Krabbenfischern zuzusehen, wenn sie mit ihren Kuttern nahe am Ufer kreuzen. Sie sind blau und weiß bemalt, dazu die Sonne, der Sand, die spärlich überwachsenen Dünen. Es ist wie auf einer Postkarte, und ich kann, was Sie verstehen werden, stunden lang auf den Bohlen wandern, die man von der Chaussee bis zum Kniepsand gelegt hat. Sie kennen doch diese hölzernen Wege! Keine zwei Meter breit, aber sie ziehen sich endlos hin, über schwarze Tümpel, an Möwennestern vorbei, und es riecht hier, besonders wenn es geregnet hat, nach frischer Moorerde. Hätten Sie nicht auch wieder einmal Lust, in diese Gegend zu reisen? Ich meine, nicht allein. Vielleicht, wie damals, mit einer Freundin. Wie hieß sie doch? Ich kann mich nicht erinnern. Ich weiß nur, daß sie blond und schmal-

schultrig war und immer zu weite Hosen trug und daß sie die Angewohnheit hatte, besonders, wenn ihr etwas gefiel, mit der Zunge zu schnalzen.«

Eichbaum überschlug mit dem Zeigefinger die Seiten, es waren sechs oder sieben engbeschriebene Bögen, und seine Hand zitterte, als er das Kuvert in die Jackentasche steckte. Zuvor ein flüchtiger Blick auf den Poststempel: Cuxhaven, 7. 8. 91. Das zweite Mal, dies wurde ihm schlagartig klar, hatte man ihm Einzelheiten ins Haus geschickt, von denen nur er etwas wissen konnte. Er fuhr mit dem Wagen in Richtung Hagenplatz, wo er zum Hundekehlesee abbog. Er stieg aus, und irgendwoher, er hatte den Tennisplatz im Rücken, hörte er das harte, regelmäßige Aufschlagen der Bälle. Er setzte sich auf einen Baumstamm und sah ins Wasser. Schwärme silbriger Fischchen waren hierhin und dorthin unterwegs, bogen ins Tiefe ab, um wieder zurückzukehren.

›Also Cuxhaven‹, dachte Eichbaum. ›Das Hotel finde ich wieder. Wenn ich mich entschließen könnte, sofort dorthinzufahren, wer weiß‹, dachte er, ›vielleicht sitzt er im gleichen Zimmer, am gleichen Tisch und schreibt schon den nächsten Brief. Ich könnte ihn erwischen.‹ Oder war es jenes Mädchen, wie hieß sie doch, Kathrin? Unmöglich. Er mußte lächeln. Sie war ja doch eher schüchtern und damals schon mit einem anderen liiert, den sie heiraten wollte, und ihm fiel ein, daß ihre Handschrift, wenn sie Postkarten schrieb oder ein Formular ausfüllte, steil, akkurat, beinahe kindlich gewesen war. Ansonsten? Die Telefonnummer, unter der man sie in Göttingen erreichen konnte?

›Zwecklos‹, dachte er. ›Sie ist längst weggezogen, und wer weiß, womöglich hat sie inzwischen Kinder.‹

Er zog das Kuvert wieder hervor, suchte mit der Hand nach dem Brillenetui.

»Übrigens«, las er, »wenn das Telefon klingelte und Carla aus Berlin anrief, erinnern Sie sich an das triumphierende Lächeln, das Ihnen an Kathrin so gefiel? Und tatsächlich, Sie hatten wenig Mühe, Ihrer Frau in Gegenwart dieses Mädchens, das Ihnen über die Schulter sah, das Blaue vom Himmel herunterzulügen.«

›Das ist nicht wahr‹, dachte Eichbaum. ›Ich habe Carla damals nichts gesagt, was man als Hinterlist hätte deuten können. Wir sprachen, schon weil sie ahnungslos war, lediglich über belanglose Dinge, über das Wetter und daß ich den Pullover vergessen hatte und daß sie mit einem ärgerlichen Rohrbruch in der Garage beschäftigt war. Und natürlich hätte ich‹, dachte Eichbaum, ›wenn sie irgendeinen Verdacht geäußert hätte, nie versucht, sie zu täuschen.‹ Oder doch?

Er ärgerte sich, daß ihm hier von unbekannter Seite ein schlechtes Gewissen eingeredet werden sollte, und er wunderte sich, wie lebendig ihm alles in Erinnerung war. ›Fünf Jahre ist es her‹, dachte er, ›und Duhnen hieß der Ort.‹ Er sah deutlich jene mit Granitsteinen aufgeschüttete Mole vor sich und dahinter, in der Ferne, als flaches, silbriges Glänzen, den Großen Knechtsand, aus dem sich in riesigen Schwärmen Strandläufer erhoben oder Eiderenten, die in langer Formation und als seien sie auf eine Kette gereiht, über dem offenen Meer hin- und herkurvten. Er wollte sich nicht verführen lassen, weiter darüber nachzudenken. ›Man nimmt mir meine Ruhe‹, dachte er. ›Und ich muß damit rechnen, daß dies in Ewigkeit so weitergeht!‹

Als er in seinem Büro war, schloß er sich ein, wollte ungestört und möglichst mit kühlem Kopf die restlichen Seiten lesen, konnte aber die Enge des Zimmers nicht ertragen, und so ging er zur Tür, drehte den Schlüssel zurück, öffnete sie sperrangelweit. Er rief nach der Sekretärin, bat sie, ein Telefonbuch der Stadt Göttingen zu besorgen, und als sie eine Stunde später endlich erschien, nahm er das gelbe Heft und begann darin zu blättern.

›Kathrin Mühlbauer, Hildebrandtstraße‹, das

wußte er noch und tatsächlich: Er fand ihren Namen, auch die Telefonnummer meinte er wiederzuerkennen, und nun ließ er die Jalousie herunter, griff zum Telefonhörer. Er mußte nicht lange warten.

Ein paar Worte, einige scherzhafte Fragen genügten, um die erste Verlegenheit zu überwinden. Man versicherte einander, daß alles gut ginge, sie, Kathrin, schien immer noch nicht verheiratet zu sein.

»Du hast mir einen Brief geschrieben«, sagte er. »Ich bin gerade dabei, ihn zu lesen.« Da sie nicht antwortete, redete er über andere Dinge, etwa darüber, daß er vorhabe, die Verlagsräume zu wechseln, dann sagte er: »Eines verstehe ich nicht. Warum entschuldigst du dich, daß du mich geduzt hast? Und warum jetzt das alberne Sie?«

Er schwieg, hörte zu, was sie ihm zu sagen hatte, und sein »Ach so« und »Ja, ich hatte geglaubt« und daß er meinte, er müsse sich entschuldigen, dies alles verriet, wie enttäuschend ihre Antwort für ihn war.

»Also«, sagte er schließlich, »dann will ich nicht weiter stören. Wenn du den Brief nicht geschrieben hast... Hauptsache, es geht dir gut.«

Für Augenblicke war er versucht, nochmals anzurufen, um sein abruptes Benehmen, er hatte den

Hörer aufgelegt, zu entschuldigen. Er ließ es sein, trat statt dessen auf den Flur hinaus, gab der Sekretärin das Telefonbuch zurück.

9

Der nächtliche Augusthimmel war kühl und klar. Eichbaum wußte, daß es in diesem Monat besonders viele Sternschnuppen gab, und er sah durch die offene Balkontür auf den Großen Bären. Ein plötzliches Aufleuchten, eine erlöschende Spur gegen den Horizont hin, wieder war alles schwarz. Eichbaum fühlte nach seinem Puls, das Herz schlug regelmäßig.

›Eines ist klar‹, dachte er, ›ich mache mich lächerlich, wenn ich diesen Brief vorzeige und wenn man erfährt, daß ich mit einer Neunzehnjährigen an der See, und natürlich Hand in Hand, spazierengegangen bin.‹

Er überschlug rasch, was er sich hatte zuschulden kommen lassen und was ein Erpresser, vielleicht lief alles darauf hinaus, gegen ihn ins Feld führen konnte. Er war nun mit seinen Grübeleien und mit den Anzüglichkeiten, die ihm ins Haus geschickt wurden, allein, und er mußte damit rechnen, daß auch Carla anonyme Post erhielt.

›Sie wird jede Achtung vor mir verlieren‹, dachte er.

Am nächsten Morgen begann er, seinen kleinen Reisekoffer zu packen. Als Carla fragte, was dies zu bedeuten hätte, meinte er, er müsse einige Tage ausspannen und er hätte an die Gegend um Cuxhaven gedacht. Dort sei es besonders ruhig.

»Cuxhaven, das berühmte Vogelschutzgebiet? Oh, da würde ich gern mitkommen«, sagte Carla, und er sah, daß sie Anstalten machte, ihm beim Packen behilflich zu sein.

»Brauchst du nicht das Ölzeug?«

»Selbstverständlich«, sagte Eichbaum, rührte sich aber nicht, und für Augenblicke war es ihm, als müsse er sein Vorhaben abbrechen.

Warum bestand sie darauf, und mit so unschuldiger Miene, ihn zu begleiten? Wußte sie etwas, hatte sie ihn durchschaut, und waren dies nun die ersten Versuche, sich gegenseitig zu belauern? Er lehnte ihre Bitte ab, meinte, er wisse sowieso nicht, ob man jetzt, in der Hochsaison, noch ein Quartier bekäme, und als er den Koffer schloß, hatte er alles vergessen, was an der See notwendig war: das Ölzeug, die Gummistiefel, einen dicken Pullover.

Im Taxi überlegte er, ob es nicht selbstverständlicher gewesen wäre, Carla hätte ihn zum Flughafen begleitet. Die Hast beim Packen, die fadenscheinigen Erklärungen und daß er, entgegen seiner Gewohnheit, entschlossen war, ins Blaue zu fahren ... ›Sie muß ja mißtrauisch werden‹, dachte er, schob aber alle Bedenken beiseite, hatte zuletzt nur noch die Sorge, nicht rechtzeitig am Ticketschalter zu sein.

Gegen elf Uhr vormittags landete er in Bremen, mußte noch auf den Koffer warten, den er aufgegeben hatte, dann ging er zum Avisschalter und mietete einen Wagen. Er studierte die Landkarte, 111 Kilometer weiter nach Norden würde er die Störtebeckerstraße erreichen, und von dort aus, so hoffte er, würde er die Gegend wiedererkennen. Die Störtebeckerstraße, das wußte er noch, führte an den Marschen vorbei. Es gab ein paar Hotels oder Pensionen, die Preise waren bescheiden, und in Duhnen war es ein rechteckiger, dreistöckiger Klinkerbau, der in unmittelbarer Nähe zum Ufer lag. Der schmale Vorhof war mit einem kniehohen, weißgestrichenen Zaun umgrenzt, an einer Stange flatterte ein buntes Tuch, Tische und Stühle waren aufgestellt.

Es war Mittag, als Eichbaum den Klinkerbau erreichte, er sah die Fassade, die ausladend und viel zu wuchtig wirkte. Die Fenster waren klein, unter dem Giebel eine nachgebesserte Schrift: »Erbaut im Jahre 1924.« Er überlegte, ob er den Opel abstellen und zum Eingang, vor dem einige Gäste standen, gehen sollte, auch meinte er, in dem oberen rechten Fenster das Zimmer, in dem er vor Jahren übernachtet hatte, wiederzuerkennen. Er fuhr weiter, zögerlich zwar und immer bemüht, das Hotel, indem er sich aus dem Wagen beugte, so lange wie möglich im Auge zu behalten.

Wenig später stand Eichbaum am Duhner Ufer. Er hatte die Schuhe ausgezogen, die Hosenbeine hochgekrempelt und watete bis zu den Knöcheln in der Gischt, sah zu, wie das Wasser, das in kleinen Schüben landeinwärts getrieben wurde, in dem Sand versickerte und wie kleine Luftblasen zurückblieben. Die Kühle unter den Füßen war ihm angenehm, und in einer halben Stunde, so meinte er, würde er in dem Hotel vorsprechen, und während er dies dachte, mußte er einem Fahrradfahrer ausweichen, der kräftig in die Pedale trat und auf dem nassen Sand, auf dem er besser vorankam, geradewegs auf Eichbaum zufuhr. Ein kräftiges Klingeln, ein Lachen, von dem Eichbaum nicht wußte, ob es übermütig gemeint war, dann war der andere vorbei.

Eichbaum zog sein Taschentuch hervor, trocknete, wobei er abwechselnd auf einem Bein balancierte, seine Zehen ab, zog Schuhe und Socken wieder an, und als er vor dem Klinkerbau stand, überprüfte er, bevor er zum Eingang ging, ob die Schuhe zugebunden waren, und er versuchte, die Bügelfalten seiner Hosen, die gelitten hatten, glattzuziehen.

»Haben Sie ein Zimmer frei?« fragte Eichbaum, kaum, daß er das Hotel betreten hatte. »Nur für ein oder zwei Nächte«, und er legte, als hätte man ihn darum gebeten, seinen Paß und einen Füllfederhalter auf den Tresen.

»Es ist Mitte August, wir sind voll.«

»Ja, kann ich wenigstens die Gästeliste sehen?«

Der andere, der hinter dem Tresen Gläser mit einem Tuch polierte, ließ für Augenblicke die Hände sinken, und Eichbaum zog, als wollte er seiner Frage Nachdruck verleihen, den Brief hervor.

»Hier«, sagte er, fächerte die Blätter auseinander, hielt sie dem anderen hin, »hier«, wiederholte er, »es wäre doch möglich, daß einer Ihrer Gäste mir diesen Brief geschrieben hat.«

»Wie soll ich das wissen.«

Der untersetzte, etwa vierzigjährige Mann wandte sich ab, um die Gläser, die er poliert hatte, in einen Wandschrank zu stellen.

»Aber man könnte in der Gästeliste nachsehen«, beharrte Eichbaum, »ob jemand die gleiche Handschrift hat.«

»Wir führen keine Gästeliste.«

»So«, sagte Eichbaum und sah auf die Schnurrbartenden des anderen, die zu vibrieren schienen.

Er nahm Paß und Füllfederhalter wieder an sich, schlenderte, unter den mißtrauischen Blicken des Schnauzbärtigen, in den Speisesaal. Es war gegen drei Uhr, die letzten Gäste hatten die Tische verlassen, überall standen benutzte Teller und Gläser herum, es roch säuerlich nach Speiseresten. Eichbaum setzte sich, war versucht, die Hand nach den Brötchen in einem Bastkorb auszustrecken.

›Was mache ich hier‹, dachte er, ›und wie komme ich dazu, mich von jemandem an die See hetzen zu lassen. Es ist der helle Wahnsinn, man stelle sich vor: Ich habe nichts gegessen, war aber schon bis zu den Waden im eiskalten Wasser.‹

Ihm fiel der Fahrradfahrer wieder ein, der auf ihn zugefahren war und dem er nur mit Mühe hatte ausweichen können. Er versuchte, sich an das Gesicht des Fremden zu erinnern. Es gelang ihm nicht, aber er hörte dessen Lachen und wie er an der Klingel riß.

›Unsinn‹, dachte Eichbaum. ›Auf diese Weise könnte ich jeden verdächtigen‹, und als er wieder im Freien war, suchte er nach seinem Mietwagen, den er in der Nähe einer Kiefernschonung abgestellt hatte. Ihm wurde klar, wie sinnlos er den Tag verbracht hatte und wie fremd ihm die Vorstellung war, hier irgendwann einmal in der Stimmung eines Verliebten unterwegs gewesen zu sein. Er wollte auch keine Erinnerung mehr gelten lassen, griff nach seinem Koffer, kramte ein frisches Hemd hervor, das er eilig und im Schutz der offenen Autotür wechselte. Als er hinter dem Lenkrad saß, rückte er den Schlips zurecht, dabei sah er in den Rückspiegel. Einmal noch wendete er den Wagen, fuhr langsam, wie am Vormittag schon, am Hotel vorbei, dann gab er Gas. Er hatte beschlossen, die Gegend augenblicklich wieder zu verlassen.

10

Als der Sommer vorbei war, machte Eichbaum eine Entdeckung. Schlaftrunken, mit zerzausten Haaren, den Pyjama verdreht, stand er am Fenster, reckte die Arme und sah auf den Kiesweg hinaus. Es hatte geklingelt. Carla trat aus dem Haus, um die Post in Empfang zu nehmen. Es war ein großer Packen, darunter die Zeitung, und sie unterschrieb irgendeinen Beleg, den der Postbote ihr hinhielt. Die beiden wechselten ein paar Worte, der Briefträger verschwand hinter dem Tor, während Carla stehenblieb. Sie blätterte die Umschläge durch, stutzte, zog einen Brief hervor, den sie hin- und herwendete. Ein kurzer, hastiger Blick in die Gegend des Gartens, dann steckte sie den Brief in die Manteltasche. Dies sah Eichbaum, und es schien ihm merkwürdig, daß Carla etwas aussortiert hatte. Und wie sie sich umsah, als hätte sie ein schlechtes Gewissen!

Als er zum Frühstück herunterkam, Carla saß schon am Tisch und goß den Kaffee ein, betrat er die Garderobe, die hinter der Treppe angebracht war, und plötzlich, er wollte den Entschluß rasch hinter sich bringen, untersuchte er ihre Manteltaschen. Aber da war nichts, nur etwas Kleingeld, so daß er sich wieder zurückzog.

»Ist das die ganze Post?« fragte Eichbaum, nachdem er sich gesetzt hatte und die Zeitung, die unter den Umschlägen lag, hervorzog. »Merkwürdig«, fügte er hinzu, »ich habe auf eine bestimmte Sache gewartet.« Und da Carla nicht antwortete und er einen Appetit verspürte, wie lange nicht mehr, biß er kräftig in das mit Schinken belegte Brötchen.

Bevor Eichbaum ins Büro fuhr, betrachtete er im Garten das satte, vom Regen blankgewaschene Grün, überlegte, ob er den laufenden Motor, der Volvo stand vor der Garage, abstellen sollte. Er ging quer über den Rasen auf die äußerste Ecke der Mauer zu, dorthin, wo er vor einem halben Jahr die Ilex eingepflanzt hatte. Was für eine Überraschung: Die Zweige, die ihr Grün fast verloren hatten, der Stamm, der am Vertrocknen gewesen war, alles hatte sich, und wie über Nacht, erneuert. Von der Wurzel bis zur Spitze trieb frisches, saftiges, dorniges Laub aus. Und die Ilex war gewachsen.

›Als ich sie eingrub‹, dachte Eichbaum, ›war sie kaum brusthoch, und ich habe die Enden heruntergeschnitten. Und jetzt‹, er trat näher heran, ›geht sie mir bis zur Stirn.‹

Er machte Carla, die am Fenster lehnte, ein Zeichen, forderte sie auf, zu ihm zu kommen, er müsse ihr etwas zeigen.

»Sieh nur«, sagte er, als Carla, halb neugierig, halb unwillig, sie scheute den Gang über die nasse Wiese, näher kam, »sieh nur«, sagte er, »die Stechpalme. Sie schlägt neu aus und ist einen Viertelmeter gewachsen.«

»Unsinn«, antwortete Carla, verstimmt darüber, daß er sie, wie sie meinte, einer Lappalie wegen aus dem Haus gelockt hatte. »Eine Ilex«, sagte sie, »wächst, das hast du selber gesagt, außerordentlich langsam.«

Was nun geschah, war unerwartet. Keiner der beiden war fähig, das Gefühl äußerster Abneigung, das sie plötzlich aneinander hatten, zu bändigen. Er ging einen Schritt auf sie zu.

»Die Ilex ist gewachsen, rede kein dummes Zeug«, sagte er barsch und als müsse er eine Gefahr abwenden.

»Wie du meinst«, sagte Carla, die ihm höhnisch ins Gesicht sah, ja sie richtete sich geradezu gegen ihn auf. Sie wich keinen Zentimeter, auch nicht, als er dicht vor ihr stand. Und machte er nicht eine drohende Bewegung mit der Hand?

Für Augenblicke war alles unentschieden, und erst, als Eichbaum die Auspuffgase roch, die von der Garage herübergeweht wurden, ging er zum Wagen zurück.

Im Büro blätterte er in dem Essay, den Mackatsch für das neue Van-Gogh-Buch geschrieben hatte, und schon der in Sperrschrift gesetzte Titel »Vincents letzter Sommer in Auvers« mißfiel ihm irgendwie. Zunächst versuchte Mackatsch, die Gegend durch Zitate aus Briefen van Goghs an die Mutter und die Schwester lebendig zu machen.

»Ich für meinen Teil«, hatte der Maler geschrieben, »bin völlig in Anspruch genommen von der unabsehbaren Ebene mit Kornfeldern vor den Hügeln, weit wie die See, von feinem Gelb, feinem zarten Grün, von feinem Violett eines umgegrabenen, ausgejäteten Stück Bodens.«

›Champs de blé‹, dachte Eichbaum und hatte jenes Bild vor Augen, über dessen Violett, offenbar ein Kartoffelfeld, er lange mit Mackatsch gesprochen hatte. ›Es wird schwierig sein, den Farbton zu treffen‹, dachte er, und ihm fiel ein, daß Mackatsch jene drei Landschaften in kleinen Reproduktionen mit Reißnägeln an die Zimmerwand geheftet hatte. Was hatte er doch gesagt?

»Es ist, als hätte sich für van Gogh die Welt Schritt für Schritt verdüstert und als hätte er es wie eine camera obscura erfahren.«

Eichbaum blätterte weiter. »Primär ungestützt«, las er irgendwo, ging rasch darüber hinweg, denn dies waren ihm, wie damals schon, unangenehme Worte.

»Wie kommst du dazu«, sagte er, nachdem er Mackatsch in dessen Zimmer aufgesucht hatte, »derart umständlich van Goghs letzte Minuten im Kornfeld zu beschreiben? Schließlich warst du nicht dabei. Und das merkwürdige Umherschweifen. Wie kannst du behaupten, er hätte, bevor er die Pistole zog, die Erde abgesucht, als gäbe es einen Ausgang aus der Welt!«

»Ein Aperçu«, sagte Mackatsch und versuchte zu lächeln.

»Etwas überspannt«, antwortete Eichbaum.

»Ich habe mir nichts weiter dabei gedacht.«

»Dann schreib es nicht hin.«

»Komm, du hast schlechte Laune.«

Eichbaum biß sich auf die Lippe, machte eine Bewegung auf den mit schwarzem Leinen bespannten Stuhl hin, der an der Wand stand.

»Ich habe nicht nur schlechte Laune«, sagte er, »ich habe auch gesehen, daß Carla Post unterschlägt.«

Er ordnete das Manuskript, hielt die Blätter, die auseinanderstrebten, mit Daumen und Zeigefinger fest zusammen. Mackatsch wußte nichts zu sagen, und erst, nachdem Eichbaum auf dem Stuhl an der Wand Platz genommen hatte und wie grübelnd vor sich hinsah, meinte er:

»Das kann ich mir nicht vorstellen. Und falls Carla irgendwelche Briefe unterschlägt... Du weißt, daß es Gründe dafür gibt.«

»Ich hatte geglaubt«, sagte Eichbaum, »das mit den Briefen sei endgültig vorbei.«

»Dir wird das Ganze zu viel.«

»Ja«, sagte Eichbaum, »und es ärgert mich, daß ich die Herzbeschwerden nicht loswerden kann. Sie sind in letzter Zeit heftiger geworden.«

Er begann, in dem Manuskript ernsthaft zu lesen. Dabei bewegte er die Lippen, als könne er dadurch den Sinn dessen, was er las, besser überprüfen.

»Vielleicht hast du recht«, sagte er plötzlich, ohne in seiner Konzentration nachzulassen. Er sah auch nicht einen Augenblick auf. »Vielleicht hast du recht«, wiederholte er. »Im letzten sollte ich froh sein, daß Carla mir die Briefe, falls meine Beobachtung richtig ist, vom Leibe hält.«

Dies geschah am Vormittag, gegen Abend versuchte Eichbaum, auch Carla gegenüber einzulenken. Wieder hatte Carla das Essen vorbereitet, rückte auf dem Tisch das Geschirr zurecht. Sie waren sich seit dem Vorfall im Garten aus dem Weg gegangen.

»Ich glaube, dich hat das mit der Stechpalme nicht sonderlich interessiert«, sagte er, als er zu ihr trat.

»Doch, doch«, antwortete sie.

»Ich will nicht behaupten, daß sie einen Viertelmeter gewachsen ist. Aber ein gutes Stück schon«, sagte er, wobei er mit den Händen einen Abstand andeutete.

Carla ging wortlos zum Bücherregal, griff nach dem Konversationslexikon, und rasch hatte sie die Stelle, die sie suchte, gefunden. Sie ging zum Tisch zurück, legte das aufgeschlagene Buch zwischen beide Teller.

»Stechpalme, ilex aquifolium«, las Eichbaum. »Bis zu 15 m hoher Baum mit lederartigen, immergrünen, dorniggezähnten Blättern. Wächst langsam, besonders schwer umzupflanzen. Die roten, beerenartigen Früchte sind toxisch.«

Sie begannen zu essen. Es gab Tomatensuppe aus der Dose. Beide führten den Löffel betont langsam zum Mund, und das aufgeschlagene Buch, das immer noch zwischen ihnen lag, rührten sie nicht an. Sie schwiegen. Nur einmal, als Eichbaum aufstand, um den Salzstreuer zu holen, den sie vergessen hatte, hob Carla flüchtig den Kopf, es war eher wie ein Nicken, und sagte:

»Danke.«

11

Einige Tage später ging Eichbaum in seinem Zimmer auf und ab. Es war vor dem Morgengrauen, das Sofa, auf dem er schlafen wollte, war unberührt. Mitunter blieb er stehen, hob den Kopf und schien auf etwas zu achten. Vom Garten her gab es ein Geräusch. Irgendein Kabel, das zum Dach führte, hatte sich losgerissen und schlug gegen die Regenrinne. Es geschah monoton und regelmäßig.

Eichbaum ging zum Fenster, beugte sich weit bis zur äußersten Ecke vor, um das Kabel, das an der Hauswand entlangführte, zu sehen. Die Dunkelheit und der Nieselregen trieben ihn zurück, und nun wünschte er, da er immer noch hellwach war, mit jemandem zu reden.

›Viel zu spät‹, dachte er, bevor er auf den Korridor hinaustrat, und daß über der Schwelle zum Zimmer seiner Frau kein Licht zu sehen war, hinderte ihn nicht daran, die Tür zu öffnen und leise ihren Namen zu rufen.

»Carla«, rief er, aber es blieb alles still.

Er sah, daß sie die Vorhänge zugezogen hatte,

über der Steppdecke lag wie ein schräger Balken der Lichtschein, der durch den Türspalt fiel.

›Sie schläft‹, dachte er, zog sich auf Zehenspitzen zurück, machte das Licht im Korridor aus, und als er auf der Sofakante saß, griff er, was er doch hatte vermeiden wollen, nach dem Stapel mit den Briefen, der auf dem Kopfkissen lag.

Es waren sieben oder acht Umschläge, das trübe, holzige Papier kannte er zur Genüge, ein gestraffter Gummi hielt alles zusammen, und Eichbaum sah, daß die Kanten fein säuberlich mit einem Messer oder einer Schere geöffnet worden waren. Dies war ihm sofort aufgefallen, als er den Packen in der Kommode seiner Frau gefunden hatte. Er mußte nicht lange danach suchen und er hätte, wenn er dabei überrascht worden wäre, keine Mühe gehabt sich zu rechtfertigen. Denn schließlich: Daß man ihm die Post im Haus vorenthielt, war schon eine Zumutung, aber offenbar war Carla bedenkenlos genug, auch darin zu lesen!

Er stellte sich vor, wie behutsam, ja beinahe akribisch sie das Messer angesetzt haben mußte. ›So‹, dachte er, ›schnüffelt man jemandem hinterher, der einem gleichgültig geworden ist. Wäre da Besorgnis‹, dachte er, ›oder Grund zur Empörung, sie hätte die Briefe aufgerissen.‹

Er ging zum Wandschrank, goß sich einen

Schluck Whisky ein, zog ihn durch die Zähne, als wollte er damit den Mund spülen. Er mußte nun damit rechnen, daß alles, was in den letzten Jahren hinter Carlas Rücken passiert war, daß jedes läppische Abenteuer, nicht nur am Duhner Ufer, nein, daß jede Verliebtheit, die er, um Carla nicht zu kränken, verheimlicht hatte, daß überhaupt sein Leichtsinn und seine Neigung zur kleinlichen, schäbigen Lüge durch einen Unbekannten ans Licht gezerrt worden war.

Für Augenblicke war er versucht, die Briefe zurückzubringen, aber immer wieder fuhr er mit den Fingerspitzen über die geöffneten Ränder, und er spürte, wie unmöglich es war, daß Carla bis jetzt geschwiegen hatte. Ja, dieses Schweigen, das, er überschlug nochmals die Anzahl der Umschläge, mindestens seit seiner Reise nach Cuxhaven, also seit Monaten andauerte!

›Würde ich etwas Kränkendes über sie erfahren, ich würde sie zur Rede stellen. Andererseits‹, dachte er, ›was soll ich mutmaßen, solange ich nicht weiß, was in den Briefen steht.‹

Er ging in die unteren Räume, bemerkte, daß im Kamin noch Glut war. Er zog den Sessel heran, setzte sich, legte den Packen Briefe auf seine Knie, sah über die Lehne hinweg, die Verbindungstüren hatte man ausgehängt, in die angrenzenden Zimmer. Es war dunkel und doch fiel so etwas wie ein Lichtschein durch die gardinenlosen Scheiben und gab den Möbeln ringsherum eine schwache Kontur. Da war der große Schrank, das häßliche Erbstück einer Tante, das Eichbaum mit Büchern und Schallplatten vollgestopft hatte. Über der Glastür war es unruhig, vielleicht das Geäst von Bäumen, das sich, vom Wind bewegt, darin spiegelte, und im nächsten Zimmer, dem Schrank gegenüber, stand eine Skulptur, sie überragte den Tisch und die Stühle. Es war ein Hrdlicka. Eichbaum hatte sie günstig erstanden und im Haus hin- und hergerückt, bis er jenen Platz gefunden hatte, von dem er meinte, hier, vor dem großen Fenster und zwischen alten und modernen Möbeln, gäbe sie dem Raum und der ganzen Zimmerflucht die nötige Spannung.

Eine Weile sah er noch in das Halbdunkel, spürte, wie sein Blick die Dinge, die ihm lieb geworden waren, immer klarer unterschied. Er zog den Gummi, den er gelöst hatte, wieder über den Packen, beugte sich zum Kamin, schob die Briefe mit der kleinen Schaufel langsam in Richtung auf den Rost hin. Aber sie fingen, obwohl sie mit der Glut in Berührung kamen, kein Feuer. Ein feiner, weißer Rauch stieg auf, verformte sich, quoll über die Messingplatte, die den Kaminsims bildete, ins Zimmer.

Carla hatte die Klappe im Schornstein geschlossen, um die Wärme zu halten, und nun entstand, wohl durch den Gummi, der den Packen zusammenhielt, ein beißender Geruch. Eine Weile gelang es Eichbaum, dies zu ertragen. Er sah immer nur auf die Briefe, die, das wußte er, wenn er sie nicht auseinanderschob, lediglich verkohlten. Er erhob sich, spannte die Kette, die im Kamin baumelte, wartete, bis der Rauch durch den Luftzug, der entstand, abgezogen wurde, und nachdem er die Kette an einem Haken befestigt hatte, griff er nach seinem Taschentuch und wischte sich den Ruß von den Händen.

›Es bleibt hoffentlich alles beim alten‹, dachte er, und plötzlich überkam ihn ein Gefühl von Angst.

12

Irgendwann, in der Woche vor Ostern, war Carla die Nacht über, und ohne sich zu erklären, weggeblieben. Sie hatte im Anbau ihrer Galerie geschlafen: Klappbett, Tisch, Spüle hatte sie immer als Provisorium benutzt. Bald allerdings kamen ein Schrank und mehrere Stühle hinzu.

»Ich muß allein sein, wenn ich die nächste Ausstellung vorbereiten soll«, hatte sie gesagt.

»Tu, was du nicht lassen kannst«, hatte Eichbaum geantwortet, und mehr wurde über die Sache, auch als Carla sich in der Galerie wohnlich einzurichten begann, nicht gesprochen.

Zunächst war es ein leichter Triumph, der es Eichbaum ermöglichte, ihre Abwesenheit zu ertragen, und im Büro zeigte er eine Heiterkeit wie lange nicht mehr. Der Sekretärin brachte er Blumen, nichts Großartiges, aber solch eine Aufmerksamkeit war man von ihm nicht gewohnt, und mit dem Volontär besprach er, was früher nie vorgekommen war, dessen Wohnungssorgen, wobei er auf der Schreibtischkante saß und das linke Bein baumeln ließ. Nur Mackatsch ließ er im Flur stehen.

»Ich komme sofort in dein Zimmer«, sagte er jedes Mal merkwürdig unverbindlich und zerstreut, so daß Mackatsch keine Gelegenheit fand, auch nur zwei Worte zu erwidern.

Der Postbote brachte keine Umschläge aus trübem, holzigem Papier mehr, und auch dies schien Eichbaum irgendwie selbstverständlich. Er wartete morgens auf das Klappern am Briefkasten und sortierte, kaum daß der Postbote hinter der Hecke am Gartentor verschwunden war, die Briefe, unter denen sich nichts Anonymes mehr finden ließ.

›Logisch‹, dachte Eichbaum, ›die Sache hat sich, seit Carla umgezogen ist, erledigt. Und nun wollen wir sehen, wann die Heimlichtuerei ein Ende hat.‹ Er fühlte sich getäuscht, empfand aber durch die perfide Art, in der es geschah, so etwas wie Genugtuung. ›Je länger ich schweige‹, dachte er, ›und je strikter ich mir jeden Vorwurf erspare, desto schwieriger wird es für beide, sich zu erklären.‹

Es begann eine Zeit des Abwartens, und Eichbaum wollte die Ungeduld, die sich allmählich einstellte, zunächst nicht gelten lassen.

»Wie, du weißt nicht, daß Carla ausgezogen ist?« fragte er Mackatsch, nachdem er eines Tages, und als wäre es selbstverständlich, in dessen Zimmer aufgetaucht war. »Sie wohnt seit Ostern in ihrem Atelier.«

Dabei sah er Mackatsch ins Gesicht, staunte über dessen, wie er meinte, gespielte Verblüffung, und da Mackatsch die Bemerkung zunächst taktvoll überging und Eichbaum keinerlei Anstalten machte, seine Anwesenheit zu erklären, entstand ein verlegenes Schweigen. Mackatsch erhob sich, ging zum offenen Stahlschrank und begann Papierrollen zu sortieren. Eichbaum überlegte, ob er das Zimmer wieder verlassen und die Tür hinter sich zuschlagen sollte, eine Geste, deren Eindeutigkeit nicht zu übersehen gewesen wäre, statt dessen stellte er sich neben Mackatsch, kreuzte die Arme über der Brust.

»Carla ist ausgezogen?« fragte Mackatsch, wobei er Eichbaum den Rücken zuwandte. »Hattet ihr Streit miteinander?«

»Wir hatten keinen Streit«, antwortete Eichbaum. »Ich weiß auch nicht, was mit Carla los ist. Vielleicht sollte sie Urlaub machen. Wohin fährst du dieses Jahr?«

Das Telefon läutete, Mackatsch ließ es unbeachtet. Er tat, als hätte dies nichts zu bedeuten, und je länger es dauerte, desto merkwürdiger wurde sein Verhalten. Eichbaum starrte auf den Hörer, und da auch er nicht, wie käme er dazu, die Hand danach ausstreckte, wirkte das Läuten ebenso aufdringlich wie nutzlos. Als wieder Stille eintrat, hörte er das

Rascheln, das Mackatsch am Stahlschrank verursachte. Die Ungerührtheit des Freundes war ihm unheimlich. Eichbaum wollte etwas sagen, fand keine Worte, und plötzlich kam es ihm vor, als wäre er dem Geschehen, dem er sich doch selbst und in voller Absicht ausgesetzt hatte, nicht mehr gewachsen. Er ging auf den Korridor zurück.

›Interessant‹, dachte er, ›was in meinem Verlag für Gewohnheiten herrschen. Vielleicht hat Carla angerufen. Und wenn sie es war‹, dachte er, ›muß Mackatsch mich für einen Idioten halten.‹ Er ärgerte sich über seine Zurückhaltung und daß er für Augenblicke irritiert gewesen war. ›Nur nicht die Übersicht verlieren‹, dachte er und ließ die Tür, bevor er hinter seinem Schreibtisch Platz nahm, einen Spalt breit offen.

Er sah auf die Uhr. In einer Stunde würde die Geschäftigkeit nachlassen. Zuerst, das wußte Eichbaum, verließ der Buchhalter das Büro, dann der Volontär mit Frau Dahmer, die als Schreibkraft angestellt war, und irgendwann die Sekretärin. Er konnte durch den Spalt hindurch nicht alles sehen, kannte aber die Gewohnheiten der anderen, und er wunderte sich, wie genau er deren Schritte unterschied. Als die Sonne hinter dem Fenster verschwand, das Licht wurde fahler, hörte er, wie man die Glastür zuschob, danach ein trockenes, metallenes Klicken. Die Sekretärin schloß den Trakt des Buchhalters ab. Sie räusperte sich, die Etagentür fiel ins Schloß, und nun war Eichbaum, wie er glaubte, allein. Er ließ die Schultern hängen, streckte die Beine weit von sich und warf den Farbstift, den er in der Hand hielt, über die Tischplatte. Er hatte Zeit. Es war im Grunde einerlei, ob er hier oder dort anwesend war, da ihn zu Hause niemand erwartete. Er öffnete das obere Schubfach, kramte darin herum.

›Alter Plunder‹, dachte er und ließ, was älter als zehn Jahre war, in den Papierkorb gleiten. Er staunte, daß jedes Datum, an das er sich erinnerte, daß Vorgänge, die ihn einmal beschäftigten, alle Magie des Augenblicks verloren hatten. Es waren Einladungen, aber auch Kritiken und Leserzuschriften, und irgendwann kam ihm ein großes, unbeschriebenes Blatt vor Augen, in dessen Mitte ein Strichmännchen mit einem Regenschirm zu erkennen war. Darunter, winzig klein, ein Gruß von Carla.

›Sie hat mir oft übermütige Sachen auf den Schreibtisch gelegt. Es ist lange her‹, dachte er, bevor er auch diese Erinnerung in den Papierkorb gleiten ließ.

Als er ein surrendes Geräusch hörte, erhob er sich, sah durch den Türspalt: Mackatsch stand am

Kopierapparat. Eichbaum sah das schnauzbärtige Gesicht und wie es in dem Apparat, über den sich Mackatsch gebeugt hielt, vier- oder fünfmal aufblitzte. Ein kurzes Überprüfen der Kopien. Mackatsch schob sie zusammen mit dem Original in eine Mappe. Er löschte die rote Kontrollampe, ging an der Garderobe vorbei ins Treppenhaus, und wieder fiel die Etagentür ins Schloß.

Am nächsten Tag war Eichbaum in der Garage damit beschäftigt, den Rasenmäher zu säubern. Er sah durch die schmale, verschmutzte Scheibe, daß Carla den Kiesweg betrat. Eichbaum zog die Handschuhe aus, öffnete die hintere Tür, die ins Haus führte und hörte vom Bad her ein kräftiges Klappern. Carla stand vor dem kleinen Drehschrank und stöberte in den Flaschen, Tuben und Dosen, und besonders die Sonnencremes schienen ihr wichtig zu sein. Sie prüfte Inhalt und Datum.

»Vielleicht verreise ich«, sagte sie, als sie Eichbaum hinter sich bemerkte. »Ich brauche die Badesachen. Was ich nicht mitnehme, kannst du wegwerfen. Und hier sind die Hausschlüssel.«

Sie hielt ihm ein rotes Lederetui hin. Eichbaum bemerkte, wie nebenbei, wie gedankenlos und doch endgültig diese Geste gemeint war. Sie ging, um ja kein Gespräch aufkommen zu lassen, an ihm vorbei zur Treppe, und bevor sie die Haustür hinter sich schloß, sah sie sich nochmals um.

›Sie hat das Ticket schon in der Tasche‹, dachte Eichbaum, und irgendwie kam es ihm vor, als müsse er augenblicklich in den Verlag zurück, als gäbe es da etwas, das für ihn von Wichtigkeit war. Und tatsächlich: Kaum hatte er das Zimmer mit der großblättrigen Pflanze betreten, sah er einen Zettel auf seinem Schreibtisch:

»Lieber Manfred, du hast sicher nichts dagegen, wenn ich meinen Urlaub einen Tag früher nehme. Die Korrekturbögen liegen bei Frau Dahmer, die Druckerei weiß Bescheid. Hier meine Adresse ...«

»Wo ist Mackatsch!« schrie Eichbaum und spürte, wie ihm das Blut ins Gesicht schoß.

»Ich habe ihn eben noch gesehen«, sagte die Sekretärin und sah erschrocken auf den Zettel, den Eichbaum in der Faust zusammenknüllte.

Da der Fahrstuhl in der Etage besetzt war, hetzte Eichbaum die vier Stockwerke zu Fuß hinunter, prüfte an jedem Fenster, ob Mackatschs Wagen noch im Hof stand, und als er die Durchfahrt erreichte, rollte der grüne VW über den Bürgersteig. Er sah die Bremslichter und wie Mackatsch Mühe hatte, bei dem Verkehr auf die Straße einzubiegen.

›Er fährt nach links, dann fährt er nicht nach Hause‹, dachte Eichbaum und, erregt wie er war, meinte er, jetzt endlich sei der Moment der Wahrheit gekommen. Er stieg in den Volvo, erreichte den Kurfürstendamm, und da die äußere Fahrbahn den Bussen vorbehalten und das Abbiegen nach rechts erst an der nächsten Kreuzung erlaubt war, machte er einen Umweg, bevor er in die Düsseldorfer Straße einbog. Hier lag Carlas Galerie, und dies hatte er sich vorgenommen: Er wollte die beiden unvermutet aufstöbern.

Auf der Höhe der Galerie gab es eine Baustelle. Man erneuerte Gasleitungen, im Viereck zusammengefügte Bretter teilten die Straße, und Eichbaum überlegte, ob er die Enge passieren könne, ohne entdeckt zu werden. Seine Sorge war unbegründet. Als er langsamer fuhr, als er mit einem Blick prüfen wollte, ob im Innern der Galerie Licht brannte oder ob sich jemand zeigen würde, sah er, daß die Jalousie heruntergelassen war, und auch die Tür, hinter deren Glas ein Tuch gespannt war, wirkte, und wie für längere Zeit, verriegelt.

›Gut‹, dachte Eichbaum und blieb hinter der Baustelle, aber so, daß er den Eingang der Galerie im Rückspiegel beobachten konnte, stehen. ›Gut‹, dachte er, ›dann sind sie mit ihren Koffern schon unterwegs nach Tegel.‹

Den Rest des Tages fühlte er sich umhergetrieben. Er versuchte, sich zu beruhigen, indem er völlig sinnlos an seinem Wagen die Zierleisten polierte. Er hatte die Tageszeitung, die er lesen wollte, immer noch in der Jackentasche, ein sonderbarer Anblick: Sie wirkte durch den Anzeigenteil schwer und unförmig und schlug, da er die Jacke aufgeknöpft hielt, mit jeder Bewegung hin und her. Als es dämmerte, war er in der Gegend von Siemensstadt unterwegs, überlegte, ob er nach Tegel fahren sollte, um die Abflugzeiten zu studieren. Er winkte resigniert ab.

›Sie sind auf und davon‹, dachte er. ›Und was das Schäbigste ist, sie haben mich ausgetrickst.‹

13

Mackatsch, ich hoffe Ihr amüsiert Euch und grüß Carla von mir«, schrieb Eichbaum in großen Druckbuchstaben, schob das Telegramm, das an ein Hotel auf Korsika adressiert war, dem Beamten zu. Der zählte die Silben, schrieb eine Quittung, und Eichbaum zahlte mit einem Fünfzig-Mark-Schein.

Als er das Postamt verließ, wurde er von einem Stadtstreicher angesprochen, gab ihm das Wechselgeld, das er noch in der Hand hatte, sah, wie der andere, der nach Schnaps roch und dessen Augen entzündet waren, vor Überraschung das Gesicht verzog, dann ging er zur U-Bahnstation. Er löste die Fahrkarte, im Zugabteil zog er eine Zeitung hervor, suchte die Annonce, die er aufgegeben hatte.

»Haushälterin gesucht, nicht über 60. Keine schwere Arbeit.«

Er lächelte. ›Schon wieder eine Jüngere‹, dachte er, und als er die Endstation erreicht hatte, stieg er aus. Hier, er sah auf die Straßenkarte im Schaukasten, war er in der Gegend der Krummen Lanke, und da es ihm gleichgültig war, ob er am See oder zwischen dem Autoverkehr spazierenging, wählte er die nächstbeste Straße. Zu seiner Rechten passierte er den Park einer Klinik, der durch einen Zaun gesichert war. Bänke und Rundlauben waren aufgestellt, die Kieswege geharkt, und mitten im sauber gemähten Rasen erhoben sich Scheinzypressen, dazwischen Kiefern und Ebereschen, und weiter hinten, dem Hauptgebäude zu, stand eine prächtige, mindestens, so schätzte Eichbaum, acht Meter hohe Stechpalme.

Ilex aquifolium! Ja, dies war ein Exemplar, auf das man hätte stolz sein können, und Eichbaum bereute, daß er den Zaun nicht überwinden und nähertreten konnte. Er hätte gern den Stamm berührt, um das rissige Holz zu prüfen. ›Und die jungen Zweige‹, dachte er, ›müßten auch hier blaßgrün und wie bei einem Buschwerk ineinander verhakt sein.‹

Als er den Quermatenweg erreicht hatte, sah er den Wald, der die Straße enden ließ, und weiter links ein Glitzern, und jetzt kam ihm die Gegend bekannt vor. Sicher war er als Jugendlicher in dem See, der in einer Senke lag, baden gewesen. ›Obwohl‹, dachte er, ›ich erinnere mich kaum noch‹, und als er auf der Holzbrücke stand, die über einen Graben führte, beschloß er, das schmale Gewässer zu umwandern.

An den Uferstücken, die man nicht eingegrenzt oder mit Schilf bepflanzt hatte, tobten Kinder auf Plastikbooten herum, versuchten den Erwachsenen, die ins Freie hinausschwammen, nachzupaddeln, und dazwischen sah man Haubentaucher. Eichbaum hatte diese Tiere früher nie gesehen, sie galten als überaus selten und scheu, jetzt aber mischten sie sich unter die Enten und Bleßhühner, ein Anblick, der ihn irritierte.

Ein plötzlicher Schmerz, er faßte sich ans rechte Schienbein, erinnerte ihn daran, daß er ausgedehnte Spaziergänge besser meiden sollte. Er ging noch bis zur nächsten Biegung, dann stand er vor dem Riemeisterfenn. Hier endete der See. Ein schmaler Graben trieb das Wasser auf eine Moorwiese zu, die Gegend war überflutet, ein langgestrecktes Luch reichte bis nach Paulsborn hinüber. Keine zwanzig Schritte vom Ufer der Krummen Lanke entfernt hatte man Container aufgestellt. Eichbaum sah, daß Schläuche zu einem pavillonähnlichen Gebäude führten, dessen Tür geöffnet war, und sie verschwanden irgendwo in der Tiefe. Frischlackierte Eisenteile lagen herum, irgendwelche Kniestücke von Rohrleitungen.

›Ein Brunnen‹, dachte Eichbaum, trat näher an die Absperrung heran, betrachtete die großen Felssteine, die ringförmig gemauert waren. Und wieder spürte er einen Schmerz im rechten Schienbein, überlegte, ob er zur Onkel-Tom-Straße weitergehen sollte, um ein Taxi herbeizuwinken.

Die folgenden Tage vergingen ruhiger. Eichbaum lag öfter auf dem Sofa, wohl um das Bein, das angeschwollen war, zu schonen. Er las in alten Zeitschriften, beantwortete Anrufe, die die Annonce betrafen, und irgendwann mußte er sich, falls er wirklich eine Haushälterin engagieren wollte, entscheiden. Den Frauen, die er ins Haus ließ, hörte er geduldig zu.

Man mußte über den Preis und die anfallende Arbeit einig werden, und doch mißfiel ihm der Gedanke, er müsse alles, was Carla rasch und unauffällig erledigt hatte, die Wäsche, das Frühstück, die Einkäufe, einer fremden, ihm gleichgültigen Person überlassen.

»Ja, ja«, meinte er und sah, wie er mit den Händen die immer gleiche, im Grunde abwehrende Bewegung machte. »Ja, ja«, sagte er. »Ich gebe Ihnen im Laufe der Woche Bescheid.«

Dann saß er wieder im Büro, blätterte im Terminkalender und rechnete Mackatschs letzten Urlaubstag aus. Es war ein nervöses Warten, das ihn beschäftigte. Auch meinte er, daß Mackatsch es nicht wagen würde, so ohne weiteres im Verlag wieder aufzutauchen. Er erkundigte sich bei der Sekretärin, ob sein Lektor diesbezüglich Andeutungen gemacht oder etwas aus dem Zimmer geräumt hätte, und da er auf Unverständnis stieß, beschloß er, die Sache, sowie sich Mackatsch zeigen würde, selber zu erledigen.

›Ich werde ihm kündigen müssen‹, dachte er, setzte ein förmliches Schreiben auf, dessen Umschlag er frankierte und tagelang bei sich trug, und eines Morgens, es war der 3. August, entdeckte Eichbaum den grünen VW, der auf dem Hof an eben der Stelle parkte, die für Mackatsch reserviert war. Er versuchte ruhig zu bleiben, ordnete seinen Schlips, im Fahrstuhl vermied er es, in den Spiegel zu sehen, und als er die Etagentür öffnete, als er über die Schwelle trat, ja hier schon geschah etwas, womit er nicht gerechnet hatte.

14

»Wie kommst du dazu, mir solch ein Telegramm zu schicken!«

Mackatsch war braungebrannt, der Schnauzbart wirkte, als wäre er von der Sonne gebleicht, und er schien verärgert zu sein, als er Eichbaum das Stück Papier aus dem Fernschreiber vorhielt. Sie standen einander gegenüber, und Eichbaum war zunächst unfähig, auf Mackatschs spontane Anrede zu reagieren.

»Ich habe kein Verhältnis mit Carla«, sagte Mackatsch, »und ich bitte dich ein für allemal, diesen Quatsch zu unterlassen.«

Damit ließ er Eichbaum stehen, und nun hörte man, wie Mackatsch, der durch die Zimmer ging, um sich zurückzumelden, überall mit lautem Hallo begrüßt wurde. Eichbaum, der im Korridor wartete, spürte ein leichtes Kreisen in seinem Kopf, und die Heiterkeit der anderen war ihm unerträglich. Als Mackatsch in seinem Zimmer verschwand, folgte ihm Eichbaum durch die halboffene Tür, und wieder standen sich die beiden Männer gegenüber.

»Was hast du eben gesagt«, wollte Eichbaum wissen, »du warst nicht mit Carla verreist?«

»Nein.«

»Ja, mit wem sonst?«

»Du weißt, daß ich ein eingefleischter Junggeselle bin«, sagte Mackatsch, ging zur Schreibmaschine, spannte einen Bogen ein, tippte ein paar Buchstaben. »Ich verstehe dich nicht«, fügte er hinzu. »Du tust gerade so, als wärst du enttäuscht.«

»Und wo ist Carla?«

Mackatsch schlug die Hände über dem Kopf zusammen.

»Keine Ahnung!« rief er.

Eichbaum sah auf seine Schuhe und schwieg. Keine halbe Stunde später war er in der Düsseldorfer Straße. Die Baustelle war halb zugeschüttet, ein Greifbagger stand auf dem Bürgersteig, die Galerie wirkte immer noch wie verriegelt. Er trat vor die geschlossene Jalousie, die an einer Stelle gebrochen war, und sah, daß im Innern Licht brannte. Er klopfte gegen die Scheibe, und da niemand reagierte, ging er durch den Torbogen auf den Hof, wo sich der Anbau befand, und hier, es war eine Art verglaste Loggia, war alles sperrangelweit offen. Er stieg über Eimer und Farbtöpfe hinweg, es roch nach frischem Lack, und am Ende der Loggia waren Fotolampen aufgestellt.

»Ich denke, du bist verreist«, sagte Eichbaum, als er Carla entdeckte. Sie stand auf einer Leiter, den Malerpinsel in der Hand, der Kittel, den sie über der nackten Haut trug, war von Leim und getrockneter Farbe steif geworden. »Ich denke, du bist verreist«, wiederholte er, bemerkte, daß er zu laut sprach.

Carla verließ die Leiter, ging zum Fensterbrett, wo sie die Gummihandschuhe abstreifte, und als sie sich ihm zuwandte, sah er, wie konturlos ihr Gesicht wirkte.

»Darf ich«, fragte Eichbaum, streckte die Hand aus, löschte eine der Fotolampen, und nun gab es von rechts einen harten, langgestreckten, aber doch irgendwie erlösenden Schatten.

Carla begann zu reden. Sie sei, sagte sie, seit vierzehn Tagen ununterbrochen damit beschäftigt, die Galerie zu renovieren. Auch die Farben hätte sie eigenhändig gemischt. Anfangs sei es ihr schwer gefallen, auf der Leiter zu balancieren und den Pinsel zu halten, aber jetzt, versicherte sie, ginge alles wie am Schnürchen.

Sie faßte in ihre Kitteltasche, zog eine Zigarette hervor, atmete den Rauch, nachdem sie sie angezündet hatte, tief ein, und die Ruhe und Selbstverständlichkeit, mit der sie es tat, war für Eichbaum unübersehbar. Er bemerkte, daß sie schmaler geworden war, die Backenknochen traten hervor, ihr Gesicht hatte etwas Durchscheinendes. ›Irgendwie nicht gesund‹, dachte Eichbaum, und nun fiel ihm ein, während Carla, als wäre dies eine Gelegenheit und als hätte sie eine alte Freundin vor sich, noch über dieses und jenes plauderte, nun fiel ihm ein... Ja, was fiel ihm letzten Endes ein?

»Wollen wir etwas essen gehen?« fragte er.

»Du kommst gerade recht«, sagte Carla und drückte die Zigarette aus. »Ich wollte mir Spaghetti kochen.« Damit ging sie zur kleinen Wendeltreppe, die ins Kellergeschoß führte.

Es dauerte eine Weile, ehe die Nudeln, die Carla über der Gasflamme weichgekocht hatte, auf dem Tisch standen. Es gab eine Art Soße, alles schien improvisiert, die Löffel, die Gabeln waren aus billigem Metall, und Eichbaum saß in einem Korbstuhl mit unguten Gefühlen da. Schließlich war er gekommen, um sich zu erklären, und die kurze Auseinandersetzung mit Mackatsch... Wie hatte er sich geniert, und wie rasch war er in die Düsseldorfer Straße gefahren, um ihr, Carla, zu sagen, daß ihm die Verdächtigung leid tat! Statt dessen aß er in unbequemer Haltung ein italienisches Fertiggericht, trank schlechten Rotwein und dachte über Carlas Unbefangenheit nach und daß es unsinnig war, sich für eine falsche Vermutung, von der sie nichts wußte, zu entschuldigen. Bis vor einer Stunde war er noch bodenlos gekränkt gewesen, aber er hatte für seinen Zustand und für die Umstände, an denen er litt, eine, wenn auch bittere Erklärung gehabt. ›Ich bin wieder auf Mutmaßungen angewiesen‹, dachte er, spürte, wie ihm das Nudelgericht schwer im Magen lag, während Carla ruhig, beinahe selbstzufrieden, nachdem sie ihren Teller zur Seite geschoben hatte, die nächste Zigarette aus der Kitteltasche zog.

»Es war ja nichts zwischen uns«, sagte Eichbaum plötzlich, »eine leichte Gereiztheit, von der wir nun auch wieder nicht wissen, woher sie kam. Erinnerst du dich«, fügte er hinzu, »wie du mir im Garten eine Nektarine angeboten hast und wie ich mir beim Hineinbeißen das Hemd bekleckert habe. Erinnerst du dich? Eine Nektarine, mein Gott!«

Er nahm ihre Hand, sie ließ es geschehen, und für Augenblicke wirkte ihr Schweigen zustimmend und als wäre sie bereit aufzustehen, um das Nötigste zusammenzupacken.

›Warum nicht‹, dachte Eichbaum, ›der Wagen steht unabgeschlossen vor der Tür.‹

Sie neigte den Kopf leicht zur Seite, damit sie ihm den Rauch nicht ins Gesicht blies, ja sie verschluckte ihn teilweise, wie um die unerwartete Nähe nicht zu stören.

»Gibt es einen Grund, warum du mich verlassen hast?« fragte er.

Sie zuckte mit den Achseln.

»Wir sind achtzehn Jahre miteinander verheiratet.«

»Natürlich«, sagte sie, wußte aber nicht, was er damit meinte.

»Wenn man achtzehn Jahre miteinander verheiratet ist«, sagte er, »dann muß es einen Grund geben, wenn einer von beiden ohne Erklärung das Haus verläßt.«

»Es gibt aber keine Erklärung«, sagte sie, und nun änderte sich ihr Benehmen.

Sie entzog ihm die Hand, um die Streichholzschachtel, auf der sie die Zigarette ausdrückte, festzuhalten, schob den Rest glühender Asche, der auf die Tischplatte gefallen war, mit dem Handballen zusammen, begann, die Ärmel ihres Kittels hochzukrempeln, und als sie mit freien Ellbogen einfach so dasaß und vor sich hinsah, wußte Eichbaum, daß er umsonst gekommen war und daß er ihre Unbefangenheit falsch gedeutet hatte.

15

Es sind die Briefe«, murmelte Eichbaum und dachte an den halbverkohlten Packen im Kamin und wie rasch er am nächsten Morgen weggeräumt worden war. »Es sind die Briefe«, wiederholte er. »Sie hat sie geöffnet und etwas über mich erfahren, was ihr nicht gleichgültig sein kann.«

Aber was er sich auch zurechtlegte, er fand keine Gewißheit. Er war in seinem Garten, hatte einen halbzerfledderten Korbstuhl unter den Büschen hervorgezogen. Er spürte sein Herz schlagen, hart und unregelmäßig, hatte wieder jenes Sausen in den Ohren, das, obwohl er täglich seine Schläfen massierte, mitunter in ein Klirren und Zwitschern überging.

›Vielleicht sollte ich die Tabletten absetzen, die mir der Arzt verschrieben hat‹, dachte er, fuhr sich mit den Fingern durch die Haare, die immer noch füllig und sorgfältig gescheitelt waren. Er beobachtete die Stare und Dohlen, die den Rasen absuchten, sah, daß der Rhododendron unter der Trockenheit litt. Er bemerkte, daß er wetterfühlig geworden war, saß wie festgenagelt in dem Korbstuhl. Offenbar war es die Gewitterluft, die ihm zu schaffen machte. Am Horizont, den die Bäume und Hausgiebel abdeckten, begann es diesig zu werden.

Als Eichbaum das Haus betrat, meinte er, im Hintergrund des Korridors, dort, wo es beinahe dunkel war, einen Schatten zu sehen. Eigentlich etwas Helles, Hochaufragendes, als stünde dort jemand, aber er täuschte sich. Die Treppe zu seinem Zimmer, wo das Fenster, der Hitze wegen, hochgeschoben war, machte ihm keine Mühe, und doch war er erleichtert, als er wieder saß, die rechte Hand auf die Lehne des Sofas gestützt, die Füße gegen den Boden hin ausgestreckt.

›Wenn wenigstens das Rütteln im Brustkorb aufhören würde‹, dachte er, griff nach der Tablettenschachtel mit der bedrohlich wirkenden Aufschrift CHINIDIN DURILES. Er studierte die Gebrauchsanweisung, und nun hatte er es Schwarz auf Weiß: Das Sausen in den Ohren war als Nebenwirkung aufgeführt. ›Kein Wunder‹, dachte er, ›die Dosis ist viel zu hoch.‹

Er ging zum Telefon, wählte die Nummer des Krankenhauses, mußte mehrmals darauf bestehen, mit dem Arzt zu reden, bei dem er in Behandlung war. Es gab eine kurze Diskussion. Eichbaum setzte seinen Willen durch, das Medikament wurde abgesetzt.

»Aber allmählich, ich bitte Sie, ganz allmählich«, hörte er noch, dann ging er in die Küche, wo er ein gekochtes Huhn vorfand. Er kostete die Brühe, alles war ohne Salz und mit purem Wasser aufgesetzt. ›Ja, soll ich das essen!‹ Er legte die Keule, die er abgebrochen hatte, in den Topf zurück. ›Es muß die Haushälterin gewesen sein‹, dachte er und sah sich um: Alles, bis in den Wintergarten hinein, wirkte aufgeräumt. Er machte sich eine Erfrischung zurecht, prüfte, während er das Glas in der Hand hielt, ob es endlich regnete. Der Himmel war schwarz, aber am Horizont wurde es, als wäre das Gewitter dabei abzuziehen, heller. Kein Donner war zu hören.

›Merkwürdig‹, dachte Eichbaum, ›und doch kann man in dieser Luft kaum atmen.‹

Er holte das Stativ hervor, legte einen Film in den Fotoapparat und ging in den unteren Räumen umher, sah sich nach einem Motiv um. Er wirkte unentschlossen. Plötzlich schien die Sonne durch die Scheiben. Vor ihm war alles in ein warmes, verspätetes Licht getaucht, während sich das Halbdunkel, das er im Rücken hatte, hartnäckig hielt. Eichbaum drückte auf den Auslöser, sah, daß die Linse auf die Scheiben und damit auf den Garten gerichtet war, meinte aber, es sei eine Stimmung, die in den Fotoband passen würde.

›Zuviel Gegenlicht‹, dachte er noch, dann stand das Stativ schief und wie vergessen in der Mitte des Zimmers.

Als Eichbaum wieder auftauchte, war es Abend. Vermutlich war er in der Garage gewesen. Auf dem Overall, den er übergestreift hatte, sah man Spuren von Kalk und Staub und er wirkte verschwitzt. Eine halbe Stunde vor Mitternacht lag er in seinem Bett, wälzte sich hin und her, versuchte, ein nervöses Ziehen in den Beinen loszuwerden.

Jeder kennt die Stille, mit der sich eine gewisse Schlaflosigkeit geltend machen will. Nicht, daß man nicht müde wäre oder bereit aufzustehen und nun geduldig darauf wartet, daß es zu dämmern beginnt. Nein, es ist ein zielloses und einfaches So-daliegen und bestenfalls ein Grübeln. Man wird älter, man weiß nicht, was man von diesem Vorgang zu halten hat, man fühlt sich allein, weiß aber, daß das Alleinsein keine Art zu leben genannt werden kann. Über dies alles dachte Eichbaum unweigerlich nach, und doch fand er, daß da noch etwas anderes war, etwas, das er nicht hätte benennen können.

16

Eines Tages erschien er in Mackatschs Zimmer und wirkte auf eigenartige Weise fahrig, konnte auch seine Hände nicht ruhig halten, als er dem Freund einen neuen Brief vorhielt.

»Ich bitte dich, mit mir zur Krummen Lanke zu kommen. Ich weiß, du hast viel zu tun, aber es wäre nur für eine Stunde«, sagte er. Dabei nahm er den Brief, den Mackatsch überflogen hatte, wieder an sich, als wollte er verhindern, daß man darüber redete. »Es fehlt die Briefmarke«, fügte er hinzu, »sogar die Adresse. Der Umschlag wurde nachts unverschlossen durch den Türschlitz geworfen.«

»Und was, um Gottes Willen«, fragte Mackatsch, »wollen wir an der Krummen Lanke?«

Eichbaum sah mißbilligend zu ihm hinüber, als käme ihm die Frage überflüssig vor, da Mackatsch schließlich gelesen hatte, worauf es dem Briefschreiber ankam. »Er muß mich beobachtet haben«, sagte er, »als ich neben dem Brunnen stand. Es ist nichts weiter. Ein gemauertes Häuschen mit einem Strohdach, und es gehört, soweit ich mich erinnere, zum Wasserwerk.«

»Und da soll ich dich hinbegleiten?«

Mackatsch wollte ihn beruhigen, wollte sagen, wie unsinnig es war, solch ein Geschreibsel ernst zu nehmen. Du merkst doch, wollte er sagen, jemand will dich provozieren! Es ist wie mit den anderen Briefen, wirf sie weg! Aber Eichbaum hielt den Umschlag gegen die Brust gepreßt, eine Geste, die Mackatsch zu denken gab. Auch war ihm aufgefallen, daß er einige Formulierungen in dem Brief, besonders jene über einen Ausgang aus der Welt, selbst schon einmal benutzt hatte und daß es darüber zwischen ihm und Eichbaum zu einem Wortwechsel gekommen war. Für Augenblicke war er unentschlossen, wußte nicht, ob er sich, wenn er darauf einging, lächerlich machen würde, und da Eichbaum immer nur dastand und es unverkennbar war, wie sehr er unter der neuerlichen Provokation litt, sagte Mackatsch:

»Ich bin um sieben Uhr bei dir. Ich weiß zwar nicht, ob es Zweck hat, aber man sollte einen Strolch, der so etwas schreibt, endlich zu fassen kriegen.«

Als es dämmerte, waren sie unterwegs. Sie verließen die U-Bahnstation. Eichbaum hatte darauf bestanden, nicht mit dem Auto zu fahren. Er wollte jenen Spaziergang, auf dem ihm der Unbekannte, wenn man dem Brief glauben durfte, gefolgt war, wiederholen. Und hier schon, an der Straßenkreuzung, Eichbaum wußte jetzt, daß er sie in Richtung der Klinik überqueren mußte, hier schon versuchten sie, die Passanten im Auge zu behalten. Mackatsch zögernd, Eichbaum völlig ungeniert. Er zeigte dem Freund die Ilex, die hinter den Büschen des Parks kaum zu erkennen war, auch versuchte er, Mackatsch die Bedenken, die dieser wegen der beginnenden Dunkelheit hatte, auszureden.

»Der See behält immer einen hellen Schein, und an dem Brunnen, das habe ich gesehen, sind Lampen angebracht.«

Mackatsch nickte ihm zu. Er war froh, daß Eichbaum offenbar keinen Grund mehr sah, ihn zu verdächtigen, und auch gegen Carla war kein einziges Wort gefallen. Andererseits war er besorgt darüber, daß der Freund mit den Anspielungen, die der letzte Brief enthielt, so konsequent beschäftigt war.

»Ich schlage vor«, sagte Eichbaum, nachdem sie die letzten Häuser erreicht hatten, »wir folgen dem Weg, der am Ufer entlangführt, aber nicht direkt«, und er ging rascher, so daß Mackatsch drei, vier Schritte hinter ihm blieb. Irgendwann, sie hatten den See rechter Hand passiert, bog Eichbaum ins Unterholz ein, das auf den Hängen wucherte. Es waren wilde Kirschen, die man abgeholzt hatte, und Brombeerranken, darüber, man sah den Himmel kaum noch, die Kronen uralter Kiefern. Eichbaum versuchte, dem See näherzukommen, hielt sich aber auf halber Höhe, hier und da mußten sie ausweichen, und so glich ihr Weg einem Auf und Ab, bis Mackatsch stehenblieb und sagte:

»Sag, was du vorhast. Wir können unmöglich weiter herumstolpern.«

Eichbaum zeigte auf das Wasser, dessen Oberfläche tatsächlich wie ein matter Spiegel leuchtete. Das Ufer war leicht gekrümmt und in der Mitte schwammen runde, Bojen ähnliche Gebilde.

»Es sind Pumpen, die Sauerstoff zuführen«, sagte Eichbaum. »Ohne sie wäre dort alles abgestorben.« Dabei knöpfte er sein Hemd auf, als wollte er sich Luft machen. »Hier etwa bin ich entlanggeschlendert«, sagte er und deutete mit dem Zeigefinger den Weg an, der, es war nun vollkommen dunkel, zwischen den Erlen, dem Schilf und der aufgemauerten Böschung nur noch zu erahnen war. Weiter links sahen sie ein Neonlicht, ein befremdlicher Eindruck. Es war grell, bläulich durchsetzt und von absoluter Künstlichkeit. Es wirkte wie mißlungen und sinnlos und reichte nicht einmal bis zu den Bleßhühnern, die im Ufergeäst dösten.

»Der Brunnen«, sagte Eichbaum.

Mackatsch runzelte die Stirn. Es war Mitte September, die Abende waren kühl, und er wollte dem Freund sagen, daß es leichtsinnig sei, sich der Feuchtigkeit, die vom Waldboden aufstieg, ohne Mantel und mit aufgeknöpftem Hemd auszusetzen. Aber die Zielstrebigkeit, mit der Eichbaum weiterging, der Nachdruck, mit dem er sich erklärte, sie gaben Mackatsch das Gefühl, er hätte jetzt kein Recht, mit irgendwelchen Bedenken zu kommen. Und wie sollte er Eichbaum Vorschriften machen, da er sich selbst auf diese, wie er meinte, absurde Situation eingelassen hatte.

Als sie vor dem Wasserwerk standen, sah Eichbaum, daß die Container, an die er sich erinnerte, blau angestrichen und übermannshoch waren, und er hatte sich getäuscht. Es waren keine Container, sondern fensterlose Bauwagen. Weiter unten, wo das gemauerte Häuschen stand, führten immer noch Schläuche ins Innere, und aus einer Rohrleitung, die in Richtung Graben gezogen war, floß ein Rinnsal klaren Wassers ins Freie.

Eine Weile standen sie vor der Absperrung und rätselten über den Sinn, der in dem Wirrwarr enthalten sein mußte.

»Ein Horizontalbrunnen«, sagte Mackatsch. »Die Zuflüsse gehen sternförmig in den See hinein, und ich wette, man hat ihn, weil man ihn reparieren muß, leergepumpt.«

Eichbaum versuchte, indem er sich nach vorn beugte, durch den schmalen Türspalt, der die Schläuche passieren ließ, ins Innere zu sehen.

»Stört es dich, wenn ich hineingehe?« fragte er.

»Warum sollte es mich stören?«

Mackatsch bemerkte, daß Eichbaum Mühe hatte, die Absperrung zu überwinden, und wann er verschwand, wußte Mackatsch nicht zu sagen. Er hatte sich für Augenblicke umgedreht, und als er wieder zurücksah, fand er die Tür offen vor, so daß die Schrift, die außen aufgemalt war, etwas von dem Neonlicht erhielt.

BETRETEN VERBOTEN, las Mackatsch, schlug den Mantelkragen hoch. Der Wind, der von der morastigen Wiese herüberwehte, war kalt, und Mackatsch bereute, daß er die leichten Schuhe ohne Socken trug. ›Man unterschätzt die Jahreszeit‹, dachte er, ging die paar Schritte zur kleinen Holzbrücke, lehnte sich gegen das Geländer und übersah nochmals das Ufer, das in unmittelbarer Nähe planiert worden war. Man hatte Sand zu einem Badestrand aufgeschüttet, und Mackatsch, der von Anfang an nicht erwartet hatte, daß sich etwas Verdächtiges zeigen würde, fühlte sich, als er zwei Jogger auftauchen sah, gleichwohl ernüchtert. Es waren zwei junge Männer, die, schnaufend und aufeinander einredend, in der Enge der Brücke seine Schulter streiften, und die Harmlosigkeit der Berührung war derart, daß Mackatsch lächeln mußte.

›Es wird Zeit, daß wir die Sache abbrechen‹, dachte er, spürte, wie hungrig er war, und er wollte Eichbaum vorschlagen, in dem Stehimbiß an der Fischerhüttenstraße etwas zu essen. Als er wieder vor der Absperrung stand, wurde er ungeduldig. Er empfand es als Zumutung, da Eichbaum verschwunden blieb, ebenfalls über die Bretterwand zu steigen. Er umschritt die Bauwagen, fand eine Lücke, ging zu dem gemauerten Häuschen. Eine Weile noch stand er unentschlossen vor dem Strohdach, dann, er war fast ärgerlich, zog er den Kopf ein, um durch die niedrige Tür zu kommen.

Im Innern waren die Wände weiß gekachelt. Alles war kahl, wirkte in der Notbeleuchtung säuberlich geputzt, beinahe wie antiseptisch, und das Konzentrische der Rundung wurde durch ein Geländer verstärkt, das schneckenförmig abwärts führte, um nach einer Dreivierteldrehung in einem Kreis zu enden. Und hier begann der eigentliche Brunnen, ein etwa anderthalb Meter breites Rohr, in das man die Schläuche geworfen hatte. Man hörte ein gurgelndes Geräusch, offenbar sollte das nachdrängende Wasser abgepumpt werden.

Mackatsch sah sich um, wunderte sich, wie Eichbaum es bei dieser trübsinnigen Beleuchtung länger als eine Minute hatte aushalten können.

»Manfred«, rief er leise, überlegte, ob der Freund nicht doch unbemerkt ins Freie getreten war. »Manfred«, rief er nochmals, ging zur Tür, bekam aber keine Antwort.

Als er wieder vor dem Brunnen stand und sah, wie breit das Rohr war und daß es durchaus möglich schien, an den Haken, die seitlich befestigt waren, hinabzusteigen, als er sich erinnerte, wie rasch und entschlossen Eichbaum hinter der Bretterwand verschwunden war, ging er auf die Knie und versuchte, indem er das Gesicht dicht an den Brunnenrand hielt, in die Tiefe zu sehen. Die Schläuche waren straff gespannt und der Pegel höher, als er vermutet hatte. Ein helles Hemd schimmerte auf.

»Bist du wahnsinnig?« brüllte Mackatsch und streckte Eichbaum, der keine zwei, drei Meter unter ihm bis zu den Hüften im Wasser stand, die Hand entgegen.

17

Carla sah zu, wie Mackatsch den grauen Umschlag, den er in den Händen hielt, zerriß.

»Immer dasselbe holzige Papier«, sagte er und ließ die Fetzen, nachdem er sie zu einer Kugel geknüllt hatte, auf das Tischtuch fallen.

Die Kugel löste sich, da das Papier unter Spannung war, auf, und für Augenblicke entstand der Eindruck, als würde sich, was Mackatsch so gründlich und mit energischen Bewegungen zerstört hatte, irgendwie wieder richten wollen.

»War das der letzte Brief?« fragte Carla.

»Ich denke ja.«

»Und warum ist er in ein Brunnenrohr gekrochen?«

Mackatsch druckste herum, wies mit dem Finger auf den zerrissenen Brief, und er war erleichtert, als er Schritte auf der Treppe hörte. Sie sahen die Haushälterin, dahinter den Arzt, der eine prallgefüllte Aktentasche trug.

»Na, Herr Doktor«, sagte Mackatsch, indem er den beiden entgegenging.

»Eine Lungenentzündung. Eigentlich müßte er

ins Krankenhaus. Und nun erklären Sie mir, wie konnte es zu dieser massiven Unterkühlung kommen!«

»Tja, was wissen wir«, sagte Mackatsch, und diesmal sah er, beinahe wie hilflos, auf Carla, als könne nur sie die Antwort geben.

»Er schläft. Ich komme in zwei, drei Stunden wieder. Und fürs erste muß jemand in seiner Nähe bleiben.«

Mackatsch begleitete den Arzt hinaus, und als er zurückkam, bat er die Haushälterin, die Papierreste vom Tisch zu räumen.

»Sortieren Sie die Post nächstens aus und werfen Sie, was ohne Absender ist, in den Mülleimer«, sagte er. »Im übrigen können Sie gehen. Ich werde mich diese Nacht um Herrn Eichbaum kümmern.«

Er wartete, bis sie das Zimmer verlassen hatte. Eine Weile noch hörte man sie in der Küche, dann im Flur hantieren, und als die Tür ins Schloß fiel, sagte Carla:

»Sollte ich nicht besser bei ihm sein?«

Mackatsch gab keine Antwort.

»Tja«, sagte er und rückte seinen Stuhl zurecht. »Sicher wurde ihm alles zu viel. Zwei Dutzend anonyme Briefe kann man nicht einfach wegstecken.«

»Die Briefe haben uns nicht auseinandergebracht«, sagte Carla.

»So«, meinte Mackatsch, und es war unverkennbar, daß er ihre Antwort nicht sonderlich ernst nahm.

Sie achteten darauf, ob es oben ruhig blieb, und Carla, die in ihrem Mantel dasaß, griff immer wieder zur leeren Zigarettenschachtel, konnte sich nicht entschließen, Mackatsch zu fragen, ob es hier im Haus etwas zu rauchen gäbe. Dabei wußte sie, daß in dem Schränkchen hinter dem Sofa alles, was für Gäste nötig war, Zigarren, Zigaretten, sogar Tabak, bereitlag. Irgendwann nahm sie ihren Zopf und begann, die Enden, die sich gelöst hatten, zusammenzuflechten, und die Spange, die alles schließen sollte, hielt sie zwischen die Lippen geklemmt. Makatsch sah, wie üppig ihr Haar war, und das Gesicht, das sie unter der leichten Anstrengung verzog, wirkte faltenlos und auf einschüchternde Weise gesund.

›Es trennen sie mehr als zwanzig Jahre‹, dachte er, und schlagartig wurde ihm klar, daß Eichbaum, besonders seit der Sache mit dem Schienbein, unwiderruflich gealtert war. Er wehrte sich gegen den Gedanken, daß dies ein Problem sein sollte und versuchte sich zu erinnern, wann es das erste Mal zwischen den beiden Anzeichen einer Entfremdung gegeben hatte. ›Immerhin‹, Mackatsch dachte an das Telegramm, ›muß auch sie etwas von seinem unsinnigen Verdacht gewußt haben. Oder haben sie nie darüber gesprochen?‹

Er wollte etwas sagen, etwas, das auf vorsichtige Weise daran erinnern sollte, wie unmöglich es war, jetzt eheliche Querelen auszutragen, aber Carla, die versuchte, ihren Zopf am Hinterkopf festzustecken, wirkte, als wäre ihr nur diese Handbewegung wichtig und als sei sie auch in Gedanken mit dem Gelingen ihrer Frisur beschäftigt, so daß sich Mackatsch mit seiner Sorge, die dem Freund und dessen bedrohlichem Zustand galt, überflüssig vorkam.

»Du mußt nicht denken«, sagte sie plötzlich, »ich würde auf einen Denunzianten hereinfallen. Die paar Seitensprünge, mein Gott, was ist schon dabei. Das hat er von Anfang an gemacht, und immer war es die Gegend um Cuxhaven.«

Sie erhob sich, ging zu dem kleinen Schränkchen, kramte in einer Büchse, und da sie keine Zigaretten fand, nahm sie ein Zigarillo auf, drückte darauf herum, so lange, bis es, da es alt war, zwischen ihren Fingern zerbrach, und sie blieb, indem sie versuchte, den Rest Tabak, der an der Haut klebte, loszuwerden, unschlüssig neben dem Schränkchen stehen.

18

Und immer war es die Gegend um Cuxhaven ... Mackatsch staunte über Carlas Bemerkung und darüber, daß ihm die Gewohnheiten des Freundes verborgen geblieben sein sollten.

›Es wäre das Übliche‹, dachte er. ›Eine zu junge Frau, öfter mal eine Geliebte und zwischendurch so etwas wie Eifersucht.‹

Er saß im Zimmer des Kranken, achtete auf das Bett, das man vom Fenster abgerückt hatte. Er war sicher, daß Eichbaum schlief, und Carla hatte wenig Lust gehabt, mit Mackatsch die Treppe hinaufzugehen, andererseits wollte sie das Haus, was er ihr angeraten hatte, nicht einfach verlassen.

›Die Ehe ist zu Ende‹, dachte Mackatsch, ›daran wird er sich gewöhnen müssen‹, und als er Schritte hörte, ging er hinaus und winkte Carla, die mit offenem Mantel vor dem unteren Treppenabsatz stand, heftig zu. Sie verstand, was er meinte, nahm Schirm und Handtasche vom Garderobenständer und ging fort. Im Erdgeschoß brannte überall Licht, Mackatsch ließ es unbeachtet.

Er selbst hatte nur eine Leselampe brennen, die

auf Eichbaums Schreibtisch stand, und er bemühte sich, über die Papiere und Korrespondenzen, die herumlagen, hinwegzusehen, schob, was ihm im Weg war, behutsam zur Seite, und er bereute, daß er sich keine Arbeit mitgebracht hatte. Andererseits hatte er nicht ahnen können, daß er die Nacht bei Eichbaum verbringen würde, und nun kam ihm sein Angebot an Carla und die Haushälterin übereilt vor. Er hatte nicht einmal eine Zahnbürste bei sich, geschweige denn seinen Pyjama. Er sah auf die Uhr, meinte, daß der Arzt jeden Augenblick an der Haustür sein würde, und während er so dasaß und zerstreut mit einem Bleistift spielte, fiel ihm ein Zeitungsausschnitt auf, der mit einer Skizze versehen war.

> ACHT VERLETZTE DURCH UMSTÜRZENDEN WATTWAGEN. Hamburg (AP) – Beim Umstürzen eines Pferdewagens im Watt von Cuxhaven sind acht Touristen verletzt worden. Wie die Polizei am Freitag in Hamburg mitteilte, befand sich der Wagen bei Ebbe auf der Fahrt von Cuxhaven zur Insel Neuwerk. Plötzlich sei er mit dem linken Vorderrad in ein Schlammloch geraten. Daraufhin brach eine seitliche Abstützung des hochrädrigen Fahrzeugs auseinander. Fahrten mit dem Pferdewagen bei Ebbe von Cuxhaven zur Insel Neuwerk gehören im Sommer zu den Touristenattraktionen an der Nordseeküste.

Es war eine Notiz aus der Süddeutschen Zeitung.

Mackatsch sah auf das Datum: 15. August 1991. Die Skizze, auf den freien Rand hingeworfen, war eine mit Grünstift gezeichnete Linie, und von einem Punkt aus, der mit einem C versehen war, ging eine gestrichelte, sinusartige Kurve nach links auf ein großes N, offenbar auf die Insel Neuwerk zu.

›Sieh an‹, dachte Mackatsch. ›Carla hat recht gehabt. Er scheint sich dort oben auszukennen.‹

Aber nun entdeckte er ein anderes Stück Zeitungspapier, großflächig und sorgfältig ausgeschnitten. Auf der Vorderseite erkannte er eine Gouache von Magritte, und da der Druck etwas zu fett ausgefallen war, wirkte die berühmte Arbeit umso eindringlicher.

›Das Gewicht der Welt‹ hatte Eichbaum auf den unteren Rand geschrieben, ein Irrtum, wie Mackatsch meinte. Er war sicher, daß es ›Le thérapeute‹ aus dem Jahre 1937 war. Man sah eine Gestalt, die auf einem Erdhügel saß, umgeben von sternklarer Nacht und dem Mond, und sie war gesichtslos: Unter dem Hut und eingerahmt von einem offenen Hemd, weder der Kopf noch die Brust, sondern ein heller, von Zirruswolken durchzogener Himmel. Auf der Rückseite ein weiterer Magritte, aber als Postkarte aufgeklebt: ›Le plaisir‹ aus dem Jahre 1927. Eine Frau zerfleischte mit den Zähnen einen lebenden Vogel und darunter, nochmals mit Grünstift und auf dem unteren Rand in akkurater Schrift notiert: ›Carla mit Hühnerkeule. Wunderbarer Anblick. Wollte mit ihr schlafen. Unnötiges Gezappel.‹

Mackatsch drehte den Zeitungsbogen wieder um, sah, wie schwarz die Hose des Gesichtslosen war und daß er mit der rechten Hand, unverkennbar als Drohgebärde, einen großen Felsstein fast berührte. Und während er überlegte, warum Eichbaum gerade diesen Magritte ausgeschnitten und mit einer Randnotiz versehen hatte, griff er nach einem länglichen, in Leder gebundenen Buch, Eichbaums Terminkalender, und begann darin zu blättern. Sicher, er tat es mit schlechtem Gewissen, immer bereit, das Buch, falls der Freund aufwachte, aus den Händen zu legen.

»Wie kann ich Sie erreichen«, las er unter dem 8. September. »Oder wollen wir uns treffen. Die Ungewißheit muß ein Ende haben.«

Eichbaum hatte, ohne die Einteilung der Kalenderseiten zu beachten, ohne aber auch ein neues Datum anzugeben, sozusagen über alle gedruckten Zahlen und Linien hinweg, dem Fremden ständig kurze Briefe geschrieben. Er bettelte geradezu um dessen Bekanntschaft, und was beklemmend wirkte: Er konnte, da ihm die Anschrift fehlte, seine verzweifelten Aufforderungen nur diesem Provisorium anvertrauen.

»Was wollen Sie von mir«, schrieb er. »Ich habe Ihnen vorige Woche meine Antwort vor die Garagentür gelegt. Sie liegt immer noch da!«

»Gestern«, notierte er, »habe ich auf der Lauer gelegen. Ich hätte wetten können, daß er sich diesmal zeigt. Statt dessen ... nichts. Es begann zu regnen.«

»Sehr geehrter Herr«, schrieb er, »Sie werden mir keine Angst machen. Ich gehe auf die Siebzig zu und habe keinen Sinn für höhere Werte. Wie gelebt, so gestorben ...« Der Rest, ein oder zwei Sätze, war ausgestrichen, aber derart sorgfältig, daß man ihn nicht mehr entziffern konnte. Offenbar hatte Eichbaum hier etwas zurückgenommen. Aber was?

Mackatsch blätterte ein paar Seiten in dem Kalender zurück. Die Eintragungen begannen Ende August, also nachdem er aus dem Urlaub zurückgekehrt war. Gab es einen Hinweis auf den letzten Brief? Möglicherweise.

»Morgen abend unbedingt jemanden mitnehmen«, las Mackatsch unter dem 12. September. Er wollte nicht länger mutmaßen, klappte den Kalender wieder zu.

Im Zimmer roch es nach Jod, also hatte Eichbaum Abschürfungen erlitten, und auf dem Bettrand lag, eine Nachlässigkeit des Arztes, die leere Einwegspritze. Mackatsch zögerte, sich dem Bett zu nähern, räumte schließlich die Spritze weg. Eichbaum hatte Schweißperlen auf der Stirn.

›Wie wenig man sich kennt‹, dachte Mackatsch, und er wehrte sich gegen das Eingeständnis, daß ihm der Freund, indem er ihm ins Gesicht sah, irgendwie abgerückt vorkam. ›Es ist‹, dachte er, ›wie mit den Briefen, die trotz aller Banalität wirken, als wären sie aus einer unerklärlichen Distanz geschrieben.‹

Er ging zum Schreibtisch zurück. Die Luft im Zimmer war verbraucht, und man hörte durch die geschlossenen Fenster hindurch von draußen her ein Schmatzen und heftiges Kratzen, als würde ein Tier, vielleicht eine Katze, an der Mülltonne herumwühlen, und irgendwann meinte Mackatsch, jemand hätte den Knopf an der Klingel berührt. Oder hatte er sich getäuscht?

Als es erneut klingelte, war er erleichtert. Er räumte die Papiere zur Seite, und nachdem er die Haustür geöffnet hatte, half er dem Arzt aus dem Mantel.

»Die Frauen sind gegangen.«

»Gut, gut«, sagte der Arzt, folgte Mackatsch in Eichbaums Zimmer, und nun hantierte er an dem Bett einige Zeit herum.

Mackatsch sah die geöffnete Aktentasche, hielt sich, soweit dies möglich war, im Hintergrund, und immer war es der Rücken des Arztes, der ihm die Sicht auf den Kranken nahm. Er dachte an den Augenblick, als er Eichbaum, der im Brunnen hing, die Hand entgegengestreckt hatte und wie sich dieser, triefend vor Nässe und als hätte er darauf gewartet, an die Oberfläche ziehen ließ. Es hatte kein Wort der Erklärung gegeben, nur ein verlegenes Lächeln, die Lippen waren blau vor Kälte. Beinahe hysterisch, dies mußte sich Mackatsch eingestehen, hatte er versucht, den Zitternden auf der Stelle in Sicherheit zu bringen, und jetzt lag er hier, und der Arzt benahm sich merkwürdig schweigsam. Er saß auf der Bettkante, beugte sich weit nach rechts zu einem kniehohen Tischchen, das am Kopfende stand und schien etwas zu überprüfen.

»Es hat ihn übel erwischt«, sagte Mackatsch und trat näher ans Bett heran. »Er hat seit langem Herzbeschwerden und auch, wie er versichert, Ohrensausen.«

Der Arzt öffnete die Medikamentenschachtel, die er in der Hand hielt, ließ den Inhalt auf das Tischchen fallen: Längliche, rot-blau gepunktete Tabletten.

»Ich kenne Herrn Eichbaum nur flüchtig«,

sagte er. »Ich weiß auch nicht, wer mich gerufen hat. Gibt es jemanden, dem er vertraut?«

»Er hat die Ärzte immer gewechselt.«

Für Augenblicke blieb alles still. Der Arzt schob die Tabletten mit dem Finger hin und her, als wollte er sie zählen.

»Wäre es denkbar«, fragte Mackatsch, »daß diese Tabletten jemanden in die Hysterie treiben können? Ich meine«, fügte er hinzu, »Herr Eichbaum hatte in letzter Zeit Schwierigkeiten.«

»Möglich ist alles«, sagte der Arzt. Dabei faßte er Eichbaum beim Handgelenk, fühlte den Puls, und die Ruhe und Umständlichkeit, die er ausstrahlte, hatten etwas Nachdrückliches, als wartete er darauf, daß man ihm endlich erklärte, was mit Eichbaum vorgefallen war.

»Ist er im kalten Wasser gewesen?«

Mackatsch weigerte sich zu antworten. Hätte er den Kranken bloßstellen und sagen sollen, daß er ihn aus einem Gewirr von Schläuchen befreit hatte! ›Unmöglich‹, dachte er, und es war ihm selbstverständlich, den Freund, indem er dies verschwieg, in Schutz zu nehmen.

Der Arzt gab ihm seine Visitenkarte.

»Ich schreibe Herrn Eichbaum, falls er es wünscht, eine Überweisung ins Krankenhaus. Er wird bald ansprechbar sein«, sagte er, klappte die

Aktentasche zu, und als er im Flur stand und den Mantel anzog, sah Mackatsch, wie breitschultrig dieser Mann war und daß er, bevor er auf den Kiesweg hinaustrat, freundlich und wieder sehr umständlich seinen Hut zog.

19

Zunächst hatte Eichbaum hohes Fieber. Ein leichtes, ununterbrochenes Schaukeln zog ihn von den Dingen, die ihn umgaben, allmählich und wie unwiderruflich fort. Er erkannte Carla, die am Bettende stand, ebenso die Haushälterin, die sein Kopfkissen aufklopfte, aber es waren verformte, schemenhafte Gesichter. Irgendwie war ihm alles leicht, und ein Gefühl von Zustimmung, vielleicht aus Schwäche oder durch die Spritzen des Arztes, trug ihn auf jene Grenze zu, hinter der es gleichgültig war, wer, wenn es dahin kommen sollte, zuerst erlosch: Eichbaum selbst oder die Welt, von der er sich, so lange er lebte, unterschied. Aber er war, wie der Arzt versicherte, in keiner Minute gefährdet, zumindest nicht durch die Unterkühlung, und auch die anfallweisen Herzbeschwerden blieben, wenn man die Frequenz niedrig hielt, problemlos.

»Ich habe«, sagte der Arzt, »alles im Griff. Es sei denn, es gibt einen unerkannten Hintergrund, darauf hätte ich keinen Einfluß.«

Dies sagte er und alle sahen sich ratlos an. Ja, gab es so etwas wie einen unerkannten Hintergrund?

Mackatsch nahm sich vor, dafür zu sorgen, daß der Freund wieder auf die Beine kam. Ausdauernd und mit übermüdeten Augen blieb er in Eichbaums Nähe, hatte sich im Nebenraum eine provisorische Schlafstätte eingerichtet, wachte darüber, daß der Kranke das Bett nicht unkontrolliert verließ. Denn es war unübersehbar: Je nachhaltiger Eichbaum sich zu erholen begann, desto unruhiger wurde er, und eines Tages, Mackatsch war in der Küche, um sich einen Kaffee zu kochen, erschien er auf dem oberen Rand der Treppe.

»Wo willst du hin?« fragte Mackatsch, erschrokken darüber, daß Eichbaum in Mantel und Stiefeln dastand. Wie hatte er die Sachen so rasch und unbemerkt hergeholt? »Wo willst du hin, da ist nichts«, wiederholte er und faßte dem Freund, der darauf aus war, ins Freie zu gelangen, unter die Achsel.

Eichbaum sah aufmerksam und wie in Gedanken abwesend in Richtung auf die Tür, und als Mackatsch ihn endlich ins Bett zurückgebracht hatte, war er immer noch besorgt, als hätte sich etwas, um dessentwillen er Mantel und Stiefel angezogen hatte, nicht erledigt. Die Nacht, die folgte, war noch einmal quälend. Mackatsch saß im Sessel neben dem Bücherregal und hatte es aus irgendeinem Grund unterlassen, die Lampe einzuschalten, war auch nicht willens, dies, als es dunkel geworden war, nachzuholen. Er war müde, wußte, daß er nach dem Kaffee keinen Schlaf finden würde. Eichbaum stöhnte, murmelte hin und wieder etwas Unverständliches, und als die Uhr halb eins schlug, wurde Mackatsch ungeduldig. Er spürte, daß er das Gefälle zwischen seiner Überwachheit und Eichbaums unruhigem Schlaf nicht überwinden konnte, versuchte aber immer wieder, das gelegentliche Sprechen des Kranken zu entschlüsseln. Es gelang ihm nicht. Er verstand einzelne Worte, die manchmal wirkten, als würde sich Eichbaum rechtfertigen wollen, aber warum dies so war und warum Eichbaum vorhin, den Mantel über der Schulter, die Stiefel über die nackten Füße gezogen, auf der Treppe gestanden hatte, darüber konnte Mackatsch nur mutmaßen.

Für Augenblicke überlegte er, ob er den Freund wecken oder wenigstens die Bettdecke zurechtrükken sollte. Er ließ alles wie es war. Er hatte sich an die Dunkelheit gewöhnt, sah, daß auf dem Schreibtisch immer noch die ausgeschnittene Gouache von Magritte lag. Er war versucht, sie wieder aufzunehmen. Irgendwo, daran erinnerte er sich jetzt, hatte er gelesen, daß es Magrittes Angewohnheit gewesen war, die Dinge, statt sie zu deuten, erst einmal zu malen.

›Und wie gut wäre es gewesen‹, dachte Makkatsch, ›er hätte seinen Therapeuten nicht benannt, sondern im Ungefähren belassen. Was für ein klarer Himmel, umgeben von so viel Unheimlichkeit‹, dachte er. ›Und wie unwiderruflich man hineingezogen wird. Aber es bleibt ein leeres Versprechen und eine harmlose Allegorie, wenn man bedenkt, daß hier jemand ein Loch aus der Welt verlangt.‹

Ein Loch aus der Welt? Mackatsch riß sich mit einem Ruck aus dem Sessel los. Ja, da war sie wieder, jene Bemerkung, die er in seinem Essay leichtfertig, wie aus einer Laune heraus, hingeschrieben hatte. Aber wie konnte man auf so etwas ernsthaft eingehen!

Am nächsten Morgen zwang Mackatsch den Freund, das Bett zu verlassen.

»Wenigstens für eine Stunde. Du warst schließlich schon in Hut und Mantel«, und wieder faßte er ihm unter die Achsel, führte den sich Sträubenden, der unsicher in den Kniekehlen war, im Zimmer auf und ab. Dies ging eine Weile, dann saßen sie in der Küche, wo Mackatsch ein kräftiges Frühstück vorbereitet hatte: Eier mit Speck, Wurst, Pampelmusensaft.

»Vergiß, was dir an der Krummen Lanke passiert ist«, sagte Mackatsch. »Mach dir noch ein paar wunderbare Jahre. Der Verlag geht bestens, du kannst dir alles leisten, und wenn dir das Dach auf den Kopf fällt, pack einfach die Koffer. Du warst doch sonst kein Kind von traurigen Eltern!«

Eichbaum lächelte, fuhr sich mit den Fingern durch das Haar, das aschgrau und vom langen Liegen struppig geworden war. Später, Mackatsch hatte Eichbaum überredet, mit ihm in den Garten zu gehen, gab es nochmals einen Anflug von Unruhe. Eichbaum stutzte, bevor er den Kiesweg betrat, sah in Richtung auf den Rhododendron.

»Da ist nichts«, sagte Mackatsch, und als sie vor der Stechpalme standen, sagte er: »Sieh dir das an. Sie ist gewachsen. In einem Jahr ein solches Stück.«

»So«, sagte Eichbaum, sah auf den Abstand, den Mackatsch mit den Handflächen andeutete.

Da das Wetter schön war, saßen sie auf der Bank und blinzelten gegen die Sonne, und nun wirkten beide wie zwei alternde Männer, die miteinander schwiegen, irgendwie ratlos und doch gelassen und als hätten sie unendlich viel Zeit. Mackatsch trug eine Strickjacke aus grober Wolle, die Jeanshose war in halbhohe Stiefel gesteckt, Eichbaum hatte seinen Wintermantel an, darunter zwei Pullover. Er wirkte wie ausgestopft, wohl auch durch den Schal, den er am Hals verknotet hatte.

Ein Wind kam auf, der durch die Stechpalme fuhr, die sich aber nicht bewegte. Sie war tatsächlich übermannshoch, drei, vier Stauden waren ineinandergewachsen. Die Beeren begannen sich rot einzufärben, und die Blätter, wenn sie sich nur prall und aufrecht hielten, waren wie geschaffen, um dem Viereck, das von einer Mauer eingegrenzt war, einen Anschein von Weite zu geben. Rechts begann schon die Straße, links das Grundstück des Nachbarn, aber nach Westen, wo die Stechpalme stand, schien alles frei zu sein, und Kiesweg und Pergola, die darauf zuführten, täuschten einen Park vor.

»Kann ich noch etwas für dich tun?« fragte Makkatsch plötzlich.

»Nein, danke«, antwortete Eichbaum, »ich komme allein zurecht.«

20

Und so war es denn auch. Carla betrat nur noch selten das Haus, und was an Gartenarbeit nötig war, das erledigte die Haushälterin. Mitunter sah man, wie Eichbaum versuchte, die Hecke zu schneiden. Den Spaten oder den Rasenmäher rührte er nicht an, zumindest nicht, solange er dieses Ziehen im rechten Schienbein hatte. Er schlief viel und versuchte, wie Mackatsch es ihm geraten hatte, keine Erinnerung abzuwehren, und allmählich akzeptierte er die Dinge und Vorgänge um sich her. Er bemerkte, daß die Haushälterin, kaum, daß der Postbote geklingelt hatte, an der Tür war, um die Briefe entgegenzunehmen. Ob sie etwas aussortierte? Es war ihm gleichgültig. Er versuchte, besonders freundlich zu sein, wenn sie ihm den Packen auf den Schreibtisch legte, mit einer Miene, als sei es schon immer ihre Gewohnheit gewesen.

Eines Morgens entdeckte Eichbaum, die Haushälterin hatte es übersehen, das Stativ, das in einer Wohnzimmerecke neben dem Bücherregal lehnte. Er schraubte die Kamera ab, die er vor Wochen benutzt hatte, wollte den Verschluß lösen, um die

Filmrolle unbrauchbar zu machen. Er zögerte. Vielleicht könnte man die Aufnahmen mit dem Gegenlicht gebrauchen. Er wollte es wenigstens überprüfen, und so ging er, Fotoapparat und Stativ unterm Arm, in die Dunkelkammer, die er sich in den Kellerräumen eingerichtet hatte, sah unter der Rotlichtlampe zu, wie der Film, den er in eine Flüssigkeit tauchte, allmählich an Konturen gewann, und als die Uhr über der Wanne klingelte, hängte er das nasse Negativ an eine gespannte Leine.

Stunden später hatte er drei Aufnahmen vergrößert, und besonders jene, die durch das Fenster hindurch gegen den Garten gerichtet war, schien ihm gelungen. Man sah das Licht der untergehenden Sonne, das durch die hohen Scheiben über den Vorraum hinweg bis zu dem Tisch, hinter dem er mit dem Stativ gestanden hatte, einen sehr langen Weg nahm. Auch die harten Schatten, die von den Möbeln aufs Parkett fielen, hatte er eingefangen. Jenseits der Scheiben war, wie in einem unendlichen Ausschnitt, der Horizont zu sehen und davor, unscharf zwar, aber als kräftiges Grün, erkannte man die Stechpalme. ›Schon wieder die Stechpalme‹, dachte Eichbaum. Das Laub der Linden ragte mit hinein, vielleicht auch Teile des Rhododendrons und noch etwas, das Eichbaum so rasch nicht erkennen konnte.

Er hatte Lust, die große Mappe wieder hervorzukramen, in der er Material für Carlas Bildband gesammelt hatte, und als er die Schlaufe, die das Ganze zusammenhielt, öffnete, staunte er, wie weit er damit gekommen war. Der Entwurf war fertig. Am Anfang sollte Carla vor ihrer Galerie zu sehen sein, dazu ein paar einleitende Worte, auch die hatte er schon mit der Hand skizziert. Er bedauerte, daß dies nun alles liegen bleiben sollte.

›Warum eigentlich‹, dachte er, sah das Material nochmals durch, suchte nach einem Platz für das neue Foto mit dem Gegenlicht.

Die Haushälterin war ins Zimmer getreten. Sie wischte Staub, bemerkte, wie unmöglich es war, in seinem Rücken zu hantieren, und als sie gehen wollte, sagte Eichbaum:

»Können Sie erkennen, was hier links hinter dem Fenster zu sehen ist?«

Er reichte ihr das Foto, wies mit dem Finger auf die Stechpalme, die, soviel war sicher, vom Laub einer Linde halb verdeckt war, aber was er vorhin für Teile des Rhododendrons gehalten hatte, schien ihm jetzt etwas anderes zu sein, etwas, das nach links zu deutlich einen Umriß bekam.

»Steht da nicht jemand?«

Die Haushälterin hielt das Foto, da ihr die Brille fehlte, weit von sich gestreckt. Sie brauchte eine

Weile, um den Punkt, den Eichbaum ihr bezeichnet hatte, zu fixieren.

»Kann sein«, sagte sie, »kann aber auch nicht sein. Es ist ziemlich verschwommen.«

»Danke«, sagte Eichbaum und nahm ihr das Foto wieder aus der Hand.

Nach einer halben Stunde saß er immer noch da, hatte das Foto mit zwei Bogen Papier derart eingegrenzt, daß nur der Hintergrund zu sehen war, aber er bekam, was ihn beschäftigte, auch dadurch nicht genauer zu fassen. Der Eindruck blieb unbestimmt, und doch kam es ihm, je länger er sich in Einzelheiten vertiefte, so vor, als wäre hinter der Ilex ein Gesicht zu sehen. Dann, und immer wieder nach links zu, meinte er, den Ansatz einer Schulter zu erkennen und wie jemand mit beiden Händen einen Hut hielt. Er überlegte, ob er nochmals in die Dunkelkammer gehen und das eingegrenzte Detail vergrößern sollte, aber irgendwie scheute er diesen letzten Schritt zur Gewißheit. Statt dessen schnitt er das Foto mit der Schere zurecht, ordnete in dem Manuskript einige Seiten neu. Sicher, das Ganze war eine Hommage an Carla, und alles, was er zusammengetragen hatte, war eine Spur zu enthusiastisch ausgefallen und sollte durch Glanzpapier und ein besonderes Layout kostbar gemacht werden. ›Da wäre die verschwommene Sicht auf den

Garten unpassend, eigentlich nicht gut genug‹, dachte Eichbaum. Trotzdem bestrich er die Rückseite sorgfältig mit Uhu und klebte das Foto auf ein extra eingeschobenes Blatt.

Diese Entscheidung schien ihn zu beruhigen. Abends trank er, da er nichts anderes zur Hand hatte, zwei, drei Gläser Portwein, und ihm gefiel der Gedanke, das Manuskript, so wie es dalag und obwohl Carla sich von ihm getrennt hatte, in begrenzter Auflage drucken zu lassen.

Als er am nächsten Tag mit Mackatsch darüber sprach, war der Freund einverstanden, meinte aber, daß es teuer werden würde. »Und ich weiß auch nicht«, fügte er hinzu, »ob du Carla damit eine Freude machst.«

Er blätterte in dem Manuskript hin und her, machte ein skeptisches Gesicht. Man sah Carlas Arbeiten, großflächig reproduziert, irgendwelche Bilder von einer Vernissage, dazwischen, wie sie in ihrem Atelier an einer Plastik modellierte, dann wieder Aufnahmen, wo sie im Garten oder in den Zimmern ihres Hauses zu sehen war. Bei der Seite mit dem nachträglich eingeklebten Foto stutzte Mackatsch.

»Ja, wenn du meinst«, sagte er schließlich und klappte das Manuskript wieder zu.

Während der nächsten vierzehn Tage vervollständigte Eichbaum die Einführung, feilte an diesem und jenem Zwischentext. Er war voller Eifer, und als die ersten Andrucke fertig waren, beugte er sich mit Mackatsch über die rechteckigen Bögen. Sie fachsimpelten, verglichen Farbproben, der Einband war ihnen immer noch nicht klar, bis Mackatsch vorschlug, den Namen auf blauem Hintergrund zu versuchen.

›CARLA SCHMITTCHEN, Porträt einer Galeristin‹, dies war der Titel des etwa neunzig Seiten starken Buches, das noch vor Jahresende ausgeliefert werden sollte.

Im Dezember begann es zu schneien. Die Straßen waren glatt, die Autos bewegten sich im Schrittempo. Da es kalt war, blieb der Schnee liegen, wirkte wie ein Teppich, und Eichbaum hatte Mühe, mit dem Volvo voranzukommen. Er fühlte sich unsicher, konnte das ständige Rutschen des Wagens nur ungeschickt ausbalancieren, und es dauerte eine gute Stunde, ehe er vor seiner Garagentür stand. Er kam aus der Druckerei, hatte den fertigen Bildband bei sich. Dreißig Vorausexemplare lagen, in einem Karton verstaut, auf dem Rücksitz, und nun nahm er fünf Bände heraus, schob sie unter den Mantel, um sie gegen das Schneegestöber zu schützen. Er rief nach der Haushälterin, keine Antwort, aber in der Küche war das

Abendessen vorbereitet. Es roch nach Zwiebeln und frischem Schabefleisch. Bevor er den Mantel auszog, holte Eichbaum die anderen Bücher aus dem Wagen, so daß sie zuletzt als Stapel neben dem Schreibtisch lagen, und er hatte eine Liste mit den Namen von Freunden und Bekannten vorbereitet, denen er das Buch mit persönlichen Grüßen schikken wollte. Und natürlich dachte er an Carla. Sie sollte das erste Exemplar erhalten. Als er den Füllfederhalter ansetzte, um ihr ein paar Worte unter das Impressum zu schreiben, spürte er, daß es zog. Er hatte vergessen, die Haustür zu schließen. Sie schlug hin und her, Schneeböen wehten bis in die Garderobe hinein. Eichbaum verriegelte alles sorgfältig, ging auch in den Wintergarten, um die Fenster zu überprüfen. Dann war er wieder an seinem Schreibtisch, nahm den Füllfederhalter auf, aber seine Stimmung hatte sich geändert.

›Später‹, dachte er und schob das Exemplar, das er Carla widmen wollte, an die äußerste Ecke der Tischplatte. Er achtete darauf, ob es noch irgendwo im Haus klapperte, und vielleicht hätte er sich nochmals um das Garagentor kümmern sollen. Er saß mit erhobenem Kopf da, sein Gesicht war angespannt und er wirkte auf entschlossene Weise hellwach. Spürte er das Sausen in den Ohren? Kaum. Dazu war der Wind zu stark.

Er dachte darüber nach, daß er zweiundsechzig Jahre alt war und daß es schwierig sein würde, in seinem Alter, was er doch vorhatte, einen neuen Anfang zu machen.